산책하기 좋은 날

오한기

산책하기 좋은 날

오한기

소설

PIN
039

차례

PIN

039

산책하기 좋은 날

오한기

묵동 – 중화동 – 상봉동

오늘로써 재택근무 한 달째다. 영화사 콘텐츠 기획팀에서 일하고 있는데, 코로나로 인한 재정 악화로 임금을 줄이는 대신 재택근무를 시행한 것이다. 머지않아 핵심 인력만 남기고 정리해고를 한다는 루머가 돌았다. 언젠가 팀장에게 불안하다는 메시지를 보내자, 열과 성을 다해서 일하는 게 이 어려운 시국에 고용을 유지해주는 대표에게 보답하는 길이라는 대답이 돌아왔었다. 성은이 망극합니다, 경영자 각하. 이렇게 회신하려다가 참았던 게 기억난다.

근무시간은 나인 투 식스. 여덟 시쯤 일어나서 노트북을 챙기고 도보 10분 거리에 있는 카페로 출근한다. 보통 카페에서 점심을 해결하고 집으로 돌아와서 나머지 근무를 하는 게 하루 패턴이다. 오늘도 마찬가지다. 나는 아이스 아메리카노를 주문한 뒤 2층 창가 자리에 앉아 노트북을 켰다. 한동안 창밖을 보다가 풍경 묘사 욕망이 일어서 워드에 적어 내려가기 시작했다.

뭐든지 대충 말하는 게 좋다. 하늘은 파랗다. 거리는 까맣고, 나무는 녹색이고, 사람들은 얼룩덜룩하다. 사람들의 생각도 얼룩덜룩할까.

팀장에게 메일이 왔다. 캐스팅이 마음대로 되지 않아서 화가 난 대표가 명패를 집어 던지는 바람에 회의실 전면 유리창이 박살 났다는 내용이 서두에 적혀 있었다. 마침 팀장이 근처에 있었는데 파편이 꽂혔는지 온몸이 따가워서 병원에 다녀왔다는 내용이 이어졌다. 팀장 역시 재택근무 신세지만 대표의 눈도장을 받기 위해 사흘에 한 번씩은 출근하고 있었다. 메일 말미에는 지시 사항이 적혀 있었다. 뉴 프로젝트. 여름 대비 공포영화 기획. 로그라인과 시놉시스.

공포영화라. 공포. 나는 공포영화에 대해 생각하다가 별생각이 나지 않아서 생각을 돕기 위해 여태까지 봤던 공포영화를 적어 내려가기 시작했고, 평소 공포영화에 대해 별로 관심도 없는데 이 업무를 하는 게 왠지 억울하다는 결론을 내렸다. 나는 팀장에게 호러는 자신 없는 장르라고 징징거리는 회신을 했는데, 사실 진행 중인 로맨틱 코미디 기획은 어떻게 하고 대책 없이 다른 일을 주냐는 메시지가 배면에 깔려 있었다. 팀장에게 곧장 답변이 왔다. 나를 질책하는 내용이었다. 현실에서도 이런 말을 하는 사람이 있다는 게 남사스럽지만, 분명 이런 문장들이 적혀 있었다. 프로는 변명하지 않는다. 프로는 행동으로 말한다. 프로는…… 프로는…….

질책을 듣고 나니까 열이 올라서 아이스 아메

리카노를 리필했다. 문득 아이디어 하나가 떠올랐다. 며칠 전 화장실에서 봤던 꼽등이와 오피스를 연결시킨 공포물이었다. 나는 곤충을 무서워하지 않는 편인데 꼽등이는 경악 그 자체였다. 그 통통하게 오른 살이란. 생명체의 현실적인 잔혹함이 느껴진달까. 아니다. 고대 생명체처럼 생경하게 느껴져서 두려웠다는 게 좀 더 알맞은 표현일 것이다. 나는 기획안을 구상하기 시작했다.

　로그라인 : 대기업 사옥 화장실에 돌연변이 꼽등이가 출연하고, 계약직 직원들이 정직원 전환을 걸고 꼽등이와 마주선다.

　그래도 단기적인 목표가 생기니까 무언가 확실해지는 기분이 들었다. 삶의 방향성이 뚜렷해졌달까. 라벨을 든 이두박근처럼 단단해지는 느낌. 나는 이런 느낌을 싫어하지 않는다. 그러고 보니 한창 소설에 몰두할 때도 마찬가지였던 것 같다. 소설에 대해서라면 지금은 잘 모르겠다. 다만 언제부턴가 글쓰기는 삶의 거대한 요소이며, 어느 쪽

이든 상대방을 벗어날 수 없다는 생각이 들었다. 소설을 쓰기 위해서는 나를 좀먹어야 된다는 뜻이다. 나는 데뷔 10년 차니까 소설-투명인간쯤 되지 않을까. 원로 작가가 되면 소설-미라나 소설-좀비가 되는 건가. 40대가 지나면 슬슬 절필을 고려해봐야겠다는 생각이 절로 들었다.

점심때가 됐다. 베이글을 먹고도 부족한 감이 있어서 마들렌을 추가로 먹었고 속이 더부룩해서 레몬에이드를 마셨다. 속은 좀처럼 편해지지 않았고 나는 다이어트를 해야겠다는 망상에 사로잡힌 채 다이어트에 대해 검색하다가 싸이월드가 없어진다는 보도를 읽고 사진들을 백업할까 해서 싸이월드 접속을 시도했지만 비밀번호가 기억나지 않아서 포기했다.

기획안 아이데이션이라는 명칭의 문서 파일을 만들고 구상 몇 가지와 업무 계획을 나열했다. 오늘은 이 정도만 하면 업무 일지에 적을 거리가 생긴 것 같았다. 재택근무를 시작하고 깨달은 게 하나 있었다. 업무, 즉 출근하고 일하고 퇴근하는 행위의 대부분이 낭비였다는 것. 출퇴근은 그렇다 치고, 내 업무의 대부분은 작가나 투자사 미팅인데, 불필요한 미팅을 생략하거나 전화나 메일로 대체해서 시간이 절감되는 것 같았다. 팀장과의 잡담 섞인 회의나 소모적인 감정싸움이 줄어들어서이기도 한 것 같았다. 문득 상사와 함께 미팅 룸에 갇힌 직장인 이야기가 떠올랐지만 포인트가 잡히지 않아서 접었다. 써서 보내면 팀장은 코멘트하겠지. 너무 평범한데? 훅이 없다니까. 잘 써지지 않으면 마인드맵부터 다시 시작해봐.

인터넷 서핑을 했다. 시나리오 공모전을 검색해본 뒤 한번 써볼까 하고 아이디어를 구상하다가 커리어를 새로 시작한다는 게 성가시게 여겨져서 포기했다. 계약된 장편소설이나 슬슬 시작해볼까 싶어서 끄적이다가 이렇게 제멋대로 업무 시간을 분배하고 농땡이를 쳐도 되나 하는 생각이 들어서 불안해졌다. 누군가에게 인생을 의탁하고 싶은 기분이 들었고, 충동적으로 사주 어플을 다운받은 뒤 신년 운세를 결제했다.

변화를 두려워하지 말고 일을 만들어가는 과정을 즐길 수 있어야 합니다. 오한기 님은 언제나 상대와 자신과의 인간관계만 고려할 것이 아니라, 비즈니스적인 상황을 이해하고, 공적인 논리에 따라 처리하는 스타일로 자신을 변모시켜나가야 합니다. 그러지 않을 경우, 일적인 상황에서 윗사람의 입장에 무조건 동조하게 되거나 아랫사람들의 어설픈 생각마저 그대로 인정하게 되는 문제가 발생할 수 있습니다. 자신 스스로의 견해나 관점을 이야기해보지 못하고 그냥 넘어가지 않도록 조심해야 합니다. 타인의 견해가 항상 옳은 것만은 아니며, 오한기 님의 생각이 맞는 상황에서 자신이 한 발짝 물러선다면 옳은 것을 나쁜 쪽으로 수정하는 꼴이 됩니다. 결국 그 일은 잘될 턱이 없으며 도리어 모든 것을 망치는 계기가 되어버릴 수 있습니다. 그러므로 오한기 님은 스스로 옳다고 믿는 것을 강하게 주장하고 밀어붙여야 할 필요가 있습니다. 오한기 님은 자기 자신을 전적으로 믿고, 스스로 변할 수 있다는 사실을 인식해야만 합니다.

사주를 읽은 뒤 용기가 생겼다. 자기 자신을 전적으로 믿는다. 혼자 결정을 내린다. 그 결정은 절대적으로 옳고 지당하다. 스스로 변할 수 있다는 자신감을 가져야 한다. 나는 누구보다 전쟁 같은 세상을 현명하게 헤쳐나가고 있다. 나는 역사에 기록될 천재고, 우주의 지배자이며, 원숭이들의 왕이다. 나는 호랑이다. 티라노사우루스다. 아니다, 터미네이터다!

귀가했다. 책상에 앉아서 어떤 종합비타민과 유산균이 좋은지 검색하며 시간을 보냈다. 문득 이렇게 시간을 허비할 순 없다는 생각이 들었다. 하루에 두어 시간을 일한다고 치면 여섯 시간이 남는데, 그 시간을 어떻게 활용할지 감이 잡히지 않았다. 뭘 할까 궁리하다가 급여도 삭감됐는데 부업이나 하자는 생각이 들었다. 소설 청탁 메일이 온 건 그때였다. 단편소설 원고료 100만 원. 마감

은 세 달 뒤. 마음이 동하지 않았다. 소설을 써야
하는 이유가 뭘까 고민하다가 정리가 되지 않아서
소설이 쓰기 싫은 이유를 워드에 적어 내려갔다.

노동에 비해 대가가 적다
짜증이 는다
우울감과 불면증
외톨이가 된다
과자를 폭식한다
배가 나오고 피부가 더러워진다

청탁을 거절하는 답장을 보낸 뒤 네이버에 작가
부업이라고 검색하니까 유튜브 콘텐츠 작가, 부
동산 광고 영업 같은 직무들이 보였다. 누군가에
게 수주를 받아서 하는 일이라는 게 어느 지점에
서 스트레스를 생성하는지 짐작이 가서 꺼려졌다.
수익형 블로그도 검색에 걸렸다. 수익형 블로그는
개인 블로그에 광고를 붙여서 수익을 얻는 구조인
데, 구글에서 광고를 받는 티스토리와 네이버에서
광고를 받는 네이버 블로그로 나뉜다. 티스토리는

광고 단가가 셌고 네이버는 유입 인구가 많았다. 정보성 포스팅을 하고 일 방문자 만 명을 돌파하면 하루 만 원 정도 수익이 난다고 한다. 개인사업자라는 게 마음에 들었지만 글을 써서 영혼을 파는 느낌이라 그만뒀다. 이쯤에서 지도교수님의 가르침이 떠오른다. 매문 행위 금지!

부업도 아니라면 뭘 해야 할까? 시간이 남아도는 게 괴롭다. 퇴직연금을 넣는 것처럼 나도 모르는 사이 시간이 지나가 있다면 얼마나 좋을까. 눈을 뜨면 무덤이고, 다시 눈을 감았다 뜨면 지옥이다. 그러나 시간은 사라지지 않는다. 지구가 파괴되고 인류가 멸망해도 시간은 장엄하게 흐를 것이다. 머릿속에 온갖 잡념이 두서없이 범람하고 있었다. 집중력이 흐트러져버렸다. 범위를 좁혀서 오늘 남는 시간에 할 일에 포커스를 맞추자고 생각했다. 그동안 직장을 다니느라고 하지 못했던 것들에 대해 생각했다. 독서? 영화? 미드? 맛집? 영화와 미드는 자기 전에 봐도 충분하다. 굳이 낮에 볼 필요는 없다. 독서는 더 이상 하고 싶지 않고, 맛집은 돈이 드는 거니까 긴축 상황에 맞지 않다.

어느 순간 아이디어가 떠올랐다. 바로 산책이었다. 나는 타고나길 산책을 좋아하고, 특히 목표와 목적 없이 걷는 걸 선호하는데, 회사에 다니면서 어쩔 수 없이 단념한 상황이었다. 산책을 좋아하는 이유. 준비물이 필요 없다. 시간과 장소에 구애받지도 않는다. 무작정 걷다가 정신을 차렸을 때 보이는 낯선 광경. 자기 갱신의 느낌. 무엇보다 2월 말 봄이 되기 직전, 쌀쌀하지만 걷다 보면 땀이 차는 날씨는 그 어느 때보다 산책에 적합하지 않은가.

기획안 아이데이션, 업무 일지를 예약 메일로 걸어두고 네 시가 넘어서 밖으로 나섰다. 첫날이니 가볍게 동네를 걷기로 마음먹었다. 묵현초등학교 옆 둑길을 통해 내려가서 중랑천을 따라 걸었다. 서울 시장의 심복이 지역구 국회의원이라 그런지, 뉴타운 사업계획 철회에 따른 보상 때문인지 둑길은 도시정비사업에 포함돼 장미 축제의 근거지로 탈바꿈했고 중랑천변도 한강 공원처럼 그럴듯하게 꾸며져 있었다. 나 같은 뜨내기로서는 옛 모습을 알 길이 없었고, 당연히 과거와 현재 중 뭐가 더 좋은지 가려낼 수 없었다. 다만 행인들이 웃음을 머금고 있는 것으로 미뤄 현재에도 만족하는 사람들이 있긴 있구나, 하는 두루뭉술한 추측만 할 뿐이였다.

중랑천에는 명칭을 알 듯 말 듯한 새들이 떠 있었다. 중랑천 새라고 검색했다. 나오는 사진들과 실물을 대조하면서 명칭을 읊조려봤다. 논병아리. 비오리. 납작도요. 백할미새. 딱새. 원앙. 왜가리. 백로. 천둥오리. 쇠오리. 흰뺨검둥오리. 재갈매기. 의아했다. 이 새들이 멸종된 게 아니란 말인가. 왜 나는 멸종됐다고 여기고 있었는가. 불현듯 내가 죽어서 멸종한 새들과 만난 걸지도 모른다는, 여기가 사후세계일지도 모른다는 상상을 하다가, 천변에 주저앉아 물의 흐름을 응시했는데, 왜 물은 한 방향으로만 흐르는가, 라는 의문이 들었고, 별

안간 자연의 이치라는 게 지겹고 싫증이 나서 눈앞의 모든 새가 멸종하는 상상을 해버렸다. 다음 소설 제목. 조류 멸종.

　다시 걸었다. 적당히 허벅지 근육이 조이는 느낌이 만족스러웠다. 어떤 노인이 새로 생긴 베이커리를 물어서 알려줬는데, 갑자기 본인이 묵동 토박이라며 묵동 역사를 늘어놓기 시작했다. 크라운제과 공장이 묵동 아이파크가 된 이야기. 서울탁주 태릉 제조장에서 명절마다 주민에게 막걸리를 돌렸던 이야기. 럭키세탁소 사장이 주민자치회장이 되고 필리핀으로 야유회를 떠났다가 해적에게 피랍된 이야기. 묵동에 터를 잡고 살았던 박재삼 시인 이야기. 나는 노인의 수다를 피해 중랑천을 벗어나서 시내로 들어섰고 그대로 상봉역을 향해 걸었다. 90년대 풍의 다세대주택들이 줄지어 서 있었고 어딜 가나 재개발 반대, 무책임한 LH 같은 반정부적인 문구가 적힌 플래카드가 보였다. 이 지역에 대해서는 딱히 할 말이 없지만, 영감을 주는 건축물이라면 이제 말할 수 있을 것 같다. 중랑역 세광하니타운.

이문동

잠자리에서 팀장이 레퍼런스로 언급한 〈유전〉을 봤는데, 밤새 뒤척이다가 잠을 제대로 이루지 못했다. 새삼스럽게 자기 전에 영화를 보거나 글을 쓰는 행위는 건강하지 않다는 생각을 다시 한 번 했다. 새벽 다섯 시쯤 간신히 잠이 들었다. 여덟 시에 알람이 울려서 눈을 떴다. 메모를 해두고 싶을 만큼 인상적인 꿈을 꿨는데 무슨 꿈인지 기억나지 않았다.

물구나무를 선 맷 데이먼과 3미터에 육박하는 정주영

하얀 거미와 검은 아이스크림
일루미나티

기억을 쥐어짜내 떠오르는 꿈의 이미지들을 핸드폰에 적은 뒤 일어났다. 씻고 나오니까 엊그제 예약을 해둔 세탁기 수리업자에게 아홉 시쯤 오겠다는 메시지가 와 있었다. 아홉 시까지 기다렸는데 스케줄에 착오가 있었다며 주말이나 돼야 올 수 있다는 문자가 다시 와서 예약을 취소했다. 다른 업체를 수소문하다가 연락이 닿지 않아 빨래방을 두어 군데 알아뒀다. 거리가 꽤 멀어서 주말에나 갈 수 있을 듯.

노트북을 챙겨서 서둘러 밖으로 나섰다. 어제 많이 걸어서인지 다리에 통증이 있었다. 출근 보고를 하지 않았는데도 팀장에게 연락이 없었다. 카페에 도착해서 출근 보고를 깜빡했다며 얼버무리는 식으로 메시지를 남겼더니 한 시간 뒤 오늘 연차를 썼고 양양으로 여행을 가는 중이라는 회신이 왔다. 나는 아메리카노 한 잔을 주문하고 기획안을 쓰기 시작했다.

　팀장에게 전화가 왔다. 친분이 있는 중견 배우가 시나리오 리뷰 요청을 해왔다는 것이다. 회사 업무도 아닌데 왜 해야 하냐고 툴툴거리니까 비즈니스 차원에서 그 배우와 관계를 유지하는 게 중요하다고 했다. 여행 중이라 어쩔 수 없이 내게 부탁한다며 스타벅스 커피 쿠폰도 하나 보내와 거절할 수 없었다. 전화를 끊고 메일로 온 시나리오를 읽었다. 불륜과 첩보를 제멋대로 버무린 작품이었다. 나는 A4 용지 두 바닥을 할애해 커리어를 망치고 싶으면 하든가, 라는 메시지를 에둘러서 전달했다. 잠시 후 매니저라는 작자에게 연락이 와서 단점이 명백한 건 알지만 배우는 연기 변신을 욕심내고 있다. 감독이 신인이라 대본을 수정할 수 있을 것 같다. 캐릭터의 어떤 장점을 부각했으면 좋겠냐 따위의 이야기를 늘어놓았다. 나는 농담을 던졌다. 작품은 구할 길이 없지만 캐릭터는 살릴 수 있다. 성기 노출. 이미지 변신. 그럼 화제가 될 것. 해외 영화제 남우 주연상 수상도 가능. 의도

와 달리 매니저는 내 이야기를 경청했다. 얼마 지나지 않아 배우가 성기 노출을 조건으로 영화 출연을 수락했다는 연락이 왔다. 매니저는 배우가 내 과감함을 마음에 들어 한다며 이직해서 시나리오 검토를 전담해주면 안 되겠냐고 제안했다. 나는 생각해보겠다며 전화를 끊었다. 어떻게 알았는지 팀장은 곧바로 전화를 해왔고, 성기 노출이 자신의 의견이라는 걸 어필해달라고 애원했다. 나는 그건 거짓말 아니냐고 따지려다가 귀찮아서 수락했고, 매니저에게 어떻게 문자를 보낼지 고민하다가 보내지 않았다.

　　　.

샷을 추가한 라테위 브라우니로 요기를 한 뒤 집으로 가서 세 시까지 기획안을 썼다. 업무 일지를 쓰고 기획안 초안을 첨부해서 다섯 시로 예약 메일을 걸어둔 뒤 산책에 나섰다. 초가을 날씨 같았고, 햇볕이 강해서 피부가 따가웠다. 나는 정처 없이 걸었다. 목적지도 설정해두지 않은 채 발길이 닿는 대로. 산책의 원칙은 단 하나였다. 우연과 무의식에 의존하기. 나는 갈림길을 맞닥뜨리면 직관적으로 판단했다. 어느 순간 정신을 차려보니 태릉역 인근 월릉교 앞에 서 있었다. 월릉교를 건너려고 해봤지만 구조상 사람은 건널 수 없었다. 육로로 중랑천을 건너기 위해서는 공릉역이나 노원역까지 올라가야 하는데 왠지 귀찮아져서 중랑천변을 따라 묵동으로 돌아왔다.

묵동에는 중랑천을 건널 수 있는 징검다리가 있었다. 징검다리에 발을 디뎠다. 좌우로 백로와 천둥오리, 논병아리가 떠 있었다. 그리고 징검다리 가운데 선 채 팔을 양옆으로 죽 펼치고 있는 내 또래 남성이 보였다. 멀리서 볼 때는 택견 같은 걸 하는 모양이라고 생각했는데, 가까이 다가가 보니 중랑천에 떠 있는 조류를 흉내 내고 있는 것 같았다. 왜 새 흉내를 내는지 궁금했지만 범접하기 힘든 아우라가 새-남자를 감싸고 있었다. 인간 새. 금정연, 이상우, 정지돈과 썼던 『펫 시티』가 떠올랐다. 새가 이 세상을 지배했다면?이라는 가정하에 쓴 SF시나리오이다. 경기도문화재단 홈페이지에 연재를 했고 한정판으로 출판까지 됐다. 『펫 시

티』를 떠올리자, 새-남자의 조류화 과정을 목격한
게 아닌가 해서 더 스산하게 느껴졌다. 새-남자 곁
을 지나가는 순간, 발톱으로 나를 잡아채서 날아
오르는 건 아닐까? 나를 조각 내 새끼들에게 주는
걸까? 문득 『펫 시티』에 묘사된 인간 캐릭터들이
생각나서 오싹했다. 강제로 새 부리를 이식받는
인간들. 실험을 위해 새 날개를 등에 짊어진 채 절
벽에서 뛰어내리는 인간들. 게슈타포의 핍박을 받
고 새 배설물을 치우며 살아가는 인간들.

두렵지만 건너야 한다. 올해 사주에 뭐라고 나
왔는가. 옳다고 생각하는 일은 밀어붙여야 된다
고 하지 않았나. 내가 옳다고 생각하는 일. 그 시작
은 바로 산책이다. 나는 심호흡을 한 뒤 다리를 움
직였다. 새-남자는 그 자리에 그 포즈 그대로 서
있었다. 앞을 지나갈 때 나를 살짝 보는 듯했으나
새-남자는 움직이지 않았다.

징검다리를 건넌 뒤 미친 듯이 달렸다. 새-남자
가 쫓아와서 독수리처럼 나를 낚아챌까봐 뒤통수

가 시큰거렸다. 곡선 형태의 육교를 건너 지하도를 통과할 때까지 뒤도 돌아보지 않고 발을 놀렸다. 석관고등학교가 나왔을 때 비로소 뒤를 돌았는데 아무도 쫓아오지 않아서 한시름을 놓았다. 좌측에는 이문역이 있었고 우측은 돌곶이역 방향이었다. 이문동이 끌렸다. 이문역을 향해 걸으며 왜 이문동이 끌렸는지 생각했다. 한때 좋아했던 작가가 어느 인터뷰에서 용문동, 쌍문동, 이문동이 서울 3대 문인 배출 지역이며 자신은 이문동 출신이라고 이야기했던 게 떠올랐다. 동네 이름에 문이 들어가서 그렇다나. 싱거운 농담이었겠지만, 그래서 나도 모르게 이문동에 대해 호기심을 품었던 것 같다.

이문동은 재개발로 폐허가 돼 있었다. 골목은 미로 같았다. 어플을 켜서 지도를 봤는데도 길을 찾지 못하는 건 오랜만이었다. 출구를 묻기 위해 주위를 살폈는데 사람은커녕 길고양이 하나 없었다. 게다가 이승훈의 시 중 이문동을 다룬 게 있었던 것 같은데 제목이 떠오르지 않아서 미칠 지경이었다. 이것이야말로 공포가 아닌가. 새 떼의 습

격으로 인류가 멸종된 세상. 혼자 남은 단 하나의 인간. 생체 실험의 여파로 인간사에 대한 기억이 하나하나 사라진다. 『펫 시티』와 이문동을 결합한 공포영화를 머릿속에서 돌려보다가 아무래도 새를 소재 삼은 공포물은 히치콕의 아류 같아서 생각을 멈췄다.

가까스로 골목을 빠져나왔다. 오래 걷다 보니 당이 떨어져서 2010년대 초반 이대 앞에 있던 이화인와플 같은 수제 아이스크림이 먹고 싶었다. 아이스크림 가게를 한참 찾았는데 없었다. 대신 이디야커피에 들어가서 핫초코를 마셨다. 당이 채워지니 이승훈의 시 제목이 이문동이라는 게 떠올랐다. 검색해 읽어보니 예전에 읽었던 그 시 같지 않아서 기분이 이상했다.

귀가하는 길에도 징검다리를 건넜다. 여전히 새-남자가 있었다. 어둑해진 대기 위에 새-남자의 눈자위가 형형하게 빛나고 있었다. 그런데 아까와는 달리 새-남자는 움직이고 있었다. 날갯짓을 하듯 어깨를 들썩이고 있었다. 울고 있는 걸까. 웃고 있는 걸까. 나는 새-남자 옆을 지나쳤다. 아까 건널 때도 아무 일 없었기에 긴장하지는 않았다.

꽉!

그래서 새-남자가 오리처럼 외칠 때 더 놀랐던 것 같다. 나는 발을 헛디뎌 중랑천에 한 발을 적신 뒤 필사적으로 뛰었다.

꽉!

새-남자의 울음소리가 등 뒤에서 울려 퍼졌다.

월계동 - 한국예술종합학교 - 의릉

멸종된 동물 : 네소폰테스, 바바리사자, 스텔러바다소, 자와호랑이, 아틀라스불곰, 양쯔강돌고래

이종교배된 동물 : 라이거, 타이곤, 사바나캣, 코이울프, 뮬라드, 그롤라곰, 시브로이드, 카마, 기프, 재그라이온, 홀핀, 존키, 비팔로

인간에게 공포는 동물성, 야성에 기인하기도 한다. 공룡이나 매머드처럼 존재하지 않거나 인간의 욕망을 채우기 위해 인위적으로 조합된 짐승이면 공포를 극대화시킬 수 있다.

레퍼런스 : 〈쥬라기 공원〉 〈고질라〉 〈괴물〉

　카페에서 기획안을 끄적이다가 BLT샌드위치를 먹은 뒤 은행에 들러서 마이너스 통장 이용 기간을 연장했다. 그 뒤 마이너스 통장에 연결된 카드로 물을 샀는데, 존재하지 않는 돈을 쓰고 있다는 생각이 들어서 기분이 이상했다. 존재하지 않는 돈의 사용 기한을 연장하고 잠시나마 안심했다는 것도 왠지 섬뜩했다. 존재하지만 실상은 존재하지 않는 것에 대해 생각하다가 비트코인이 떠올랐고, 비트코인이 직관적으로 예술과 유사하다고 생각했다. 유시민과 정재승의 비트코인에 대한 논쟁을 검색해서 살펴보다가, 예술, 정치, 철학의 미래보다 돈의 미래에 현대인들이 더욱 열을 올리는 현상이 기이하게 여겨지는 한편 한 시대가 저버렸다는 생각도 들었다.

　산책에 나섰다. 구름이 적당히 끼고 선선해서 오래 걸을 수 있을 것 같았다. 어제 산책에 대해 회상하다가 한강도 아니고 중랑천인데, 월릉교를 차

로만 건널 수 있는 게 말이 되지 않는다는 생각이
들었다. 다시 가봤더니 역시 도보로도 건널 수 있
는 길이 있었다. 어제는 분명 보이지 않았던 것 같
은데, 오늘은 존재한다는 게 믿기지 않았고, 이게
무슨 꿈같은 일인가 생각하다가, 하루 만에 이 길
을 증축해놓는 게 가능한가, 라는 질문을 던져보
니 곧 망상에서 풀려났다.

월계동에 들어서니까 80년대에 지어진 거대한
아파트 단지들이 보였다. 아파트 단지를 돌았다.
중앙난방 굴뚝, 목욕탕, 상가, 비상계단, 공동 창고
처럼 신축 아파트에는 없는 구조물이나 건축물이
눈에 들어왔다. 낮은 아파트 단지 사이의 드넓은
녹지엔 풀들이 길게 자라 있었다. 마음 한구석이
저렸다. 가락시영아파트에서 유년기를 보낸 기억
때문이리라. 둔촌주공아파트에 거주한 적도 없는
데 〈집의 시간들〉을 보며 눈물을 훔쳤던 이유. 간
단하다. 평화로운 시절에 대한 기억. 지금은 그렇
지 않음.

아파트를 둘러보고 나니 출출했다. 근처에 이마트 트레이더스가 있어서 들어갔다. 규모가 상상 이상으로 커서 국가가 연상됐다. 이케아처럼 식음료를 층층이 쌓아놓고 있어서 재난이나 전쟁이 발생하면 이곳에 들어오느라 고역을 치르겠구나, 하는 생각을 하다가 코맥 매카시의 『로드』가 떠올랐고 쓸데없는 생각이 길어질까봐 고개를 내저었다. 온 김에 장을 볼까 하다가 짐이 무거워서 산책에 방해가 되지 싶어 말았다. 식당 코너로 가서 쫄면, 야채김밥을 먹고 열대어 구경을 했다. 올해 들어 열대어 판매량이 폭증했다는 기사를 어디선가 읽은 적이 있었는데, 복합적인 이유가 있겠지만 열대어를 보다 보니 미치도록 구입하고 싶어지는 건 사실이었다.

돌곶이역 방향으로 내려와 석관고등학교에 다다랐다. 어제 갈림길에서 한국예술종합학교가 아니라 이문동으로 방향을 잡은 게 못내 아쉬웠기 때문이다. 고백하자면, 나는 고등학교 3학년 때 한예종 영화과 입시를 본 적이 있었다.

—소비에트 영화의 미학

　—모바일 영화의 미래

　—정몽구의 자살에서 비롯된 픽션

　정확한 워딩은 기억나지 않지만 위와 비슷한 문제였다. 나는 당연히 소비에트와 모바일 영화에 대해 무지했고 입시에서 고배를 마셨다. 세 번째 문제는 신나게 썼던 거 같은데, 지금 감각으로는 문제 자체에 문제가 있는 것 같기도 했다.

　대로를 통과한 뒤 골목으로 들어갔다. 솜틀집, 함바, 심부름센터, 노가다 같은 단어들이 창에 새겨진, 시대착오적인 상점들이 늘어서 있었다. 입학 시험을 보러 가는 길에 느꼈던 쓸쓸한 감정이 어렴풋이 기억나는 것 같은데, 지금 보고 있는 풍경과 좀처럼 매치되지 않았다.

　낯선 공간이라 나도 모르게 긴장을 했던 것 같다. 돌곶이생활예술문화센터와 한화제약을 지나니 파출소가 보였고 마음이 놓여서 그제야 내가 긴장하고 있었다는 걸 깨달았다. 영화에서 경찰과 범죄자가 대결을 벌이면 항상 범죄자 편이었는데, 현실에서는 그렇지 않은 모양이어서 웃겼다. 뒤이어 래미안석관아파트가 나왔고 유모차를 밀고 다니는 젊은 부부가 보여서 긴장이 완전히 풀렸다.

쪽문으로 들어갔다. 영상원 내부를 둘러보다가 편집실이 눈에 띄어서 들어가보고 싶었는데 선을 넘는 것 같아 돌아섰다. 어슬렁어슬렁 복도를 걸어 다니다가 영상원 앞 벤치에 앉아서 바람을 쐬었다. 담배를 피우고 싶어서 담배를 피우는 학생들을 보며 담배 피우는 상상을 했다. 다시 피워볼까 하다가 피울 만큼 피운 상태에서 끊었다는 생각이 들었고 더 피웠다가는 암 유전력이 있는 내몸에서 암이 스멀스멀 발병할 거라는 상상이 돼 몸서리가 쳐졌다. 핸드폰을 꺼내 암 정복을 검색했는데, 갖가지 방안이 있었지만 확실한 건 하나도 없어 보였다. 바이오엔테크 창립자 우우르 샤힌, 외즐렘 튀레치 부부가 암 연구 도중 발견한 mRNA 방식으로 코로나 백신을 개발했다는 기사가 눈에 띄었는데, 무슨 이야기인지 이해가 가지 않았다.

영상원 외벽에 붙어 있는 플래카드가 눈에 들어왔다. 한예종 졸업생에게 7급 공무원 특채 기회를 준다는 내용이 담긴 플래카드였다. 나는 플래카드를 촬영해서 한때 한예종 영상이론과를 지망하다가 실패하고 최근 교육행정직 공무원이 된 dz에게 보냈다. 한예종에 왔어도 너는 공무원이 됐을지 모른다는 메시지도 함께. 으악! dz가 문자로 비명을 질렀다. 근황에 대해 잡담을 하던 중 dz는 안산 상록구에 위치한 초등학교로 발령이 나서 자취를 시작했다며 집들이에 나를 초대했다. 나는 여느 때처럼 시간을 보고 연락하겠다며 결정을 미뤘다.

바람을 쐴 만큼 쐬고 일어섰다. 내리막길을 걸어서 정문에 도착했다. 우측에 의릉이 보였다. 의릉은 경종과 계비 선의왕후의 무덤이었다. 태강릉, 서오릉, 동구릉 같은 왕릉에 갈 때면 좋은 기운을 받았던 것 같아서 의릉에 들어가려고 하니 입장이 통제돼 있었다. 아무런 안내문도 쓰여 있지 않아서 정기 휴일인지 코로나로 인한 통제인지 알 수 없었다. 철창 너머로 의릉 안을 엿봤다. 한 무리의 사람들이 거닐고 있었고, 그들이 안에 어떻게 들어갔는지 궁금해서 문의하려고 했는데, 관리실에는 아무도 없었다. 혹시 내가 본 게 사람이 아니라 유령일지도 모른다는 생각이 들었다. 왕릉 도굴꾼과 왕족 유령의 대결을 소재로 기획안을 쓸까 하다가 진부한 서사만 떠올라 포기했다.

철창 너머로 의릉을 보다가 뒤로 도니까 좀비가 하나 서 있었다. 심장이 덜컹했는데, 살펴보니 분장한 것이었다. 그제야 카메라, 조명 따위의 장비들과 영화과 학생으로 보이는 스태프들이 도열해 있는 게 의식됐다. 의릉을 배경으로 영화를 찍고 있는 것 같았다. 네댓 명의 배우들이 좀비 분장을 하고 있었고, 그중 한 명이 조선시대 왕 의상을 입고 있었다. 누군가 내게 비켜달라고 소리를 질렀고 나는 옆으로 비켜선 채 한동안 구경을 했다. 왕

조를 배경으로 한 좀비물은 조금 과장하면 하루에 천 편씩 들어왔는데, 김은희가 〈킹덤〉을 쓴 이후로 오리지널리티기 떨어져서 아무도 투자하려고 들지 않았다. 비슷한 장르를 써 오는 작가나 감독이 상처받지 않도록 에둘러 거절하느라 고생했던 게 떠올라서 한숨이 나왔다.

외국어대학교로 갔다. 언젠가 스페인어 자격시험을 치는 애인을 따라갔다가 그녀가 시험을 보는 동안 교내를 산책한 적이 있었는데, 당시 내가 어떤 길을 걸었는지 전혀 기억나지 않았다. 외대를 한 바퀴 돌아봐도 기억은 돌아오지 않았다. 쪽문으로 나가서 경희대로 방향을 잡았다. 키치한 구옥들이 늘어서 있었고, 군데군데 주택을 개조한 카페와 식당이 눈에 띄었다. 동네가 평화롭게 느껴졌다. 햇빛과 새소리 때문인 것 같기도 했다. 비 오는 날이나 미세먼지가 심한 날 다시 와서 걸어보면 좋겠다고, 그날도 괜찮게 느껴지면 안 그래도 전세 만기가 얼마 남지 않았는데 이쪽으로 이사 와도 좋겠다고 생각했다.

경희대 교내에서 공차를 마시며 휴식을 취했다. 그 뒤 제기동으로 가려다가 힘에 부쳐서 회기역으로 향했다. 지하철을 타고 이문역에서 내렸다. 석관고등학교까지 가서 어제 건넜던 묵동-중랑천 징검다리를 건넜다. 오늘도 새-남자가 있나 궁금했기 때문이었다. 고민 끝에, 내가 새-남자에 대해 호기심을 품은 건, 징검다리에서 새 흉내를 내는 성인 남자는 어느 대본에서도 보지 못했을 만큼 신선했기 때문이라는 결론을 내렸다.

새-남자는 없었다. 섭섭한 기분이 들었고, 내가 왜 섭섭해하지, 미친 건가 하는 생각을 하며 징검다리에 발을 디뎠다. 새들이 날아왔다 날아갔다. 물 위에 둥둥 떠다니거나 물속에 고개를 박고 먹이를 찾기도 했다. 그때 왜가리 한 마리가 긴 목을 흔들며 나를 향해 지저귀었다. 분명 내게 무슨 말을 하고 있는 것 같았다. 무슨 이야기를 하고 있니? 나는 나도 모르게 왜가리를 흉내 내서 지저귀었다. 왜가리는 내 말을 알아들었다는 듯 고개를 주억거리다가 하늘로 날아올랐다. 그 순간 새-남자도 새들과 커뮤니케이션하기 위해 새 흉내를 낸 게 아닐까 하는 생각이 들었다. 불현듯 날갯짓은 무슨 의미였는지 궁금해졌다. 나는 징검다리 중간 쯤에 멈춰 섰다. 팔을 좌우로 뻗어 날개를 만들었다. 눈을 감고 팔을 저었다.

학동―송정동

출근 준비를 하고 있는데 팀장에게 전화가 왔다. 팀장은 내게 바쁘냐고 물었다. 나는 바쁘다고 생각하면 바쁘고 아니라고 생각하면 아니라고 했다. 팀장은 웃었다. 간혹 솔직한 대답은 웃음을 유발하는 것 같다. 잠시 후 예술가를 탈피해서 사회인이 될 준비가 덜 됐구나, 라는 잔소리가 돌아왔다. 나이 서른여섯에 무슨 사회인이 될 준비냐고 받아치려다가 괜히 에너지만 소비할 게 빤해서 말았다. 나는 마음을 가다듬고 용건이 뭐냐고 물었다. 팀장은 회사로 출근해서 공포물 기획 피드백 미팅을 하자며 이렇게 몇 번씩은 나와 얼굴도장을 찍는 게 우리 팀을 위하는 길이라고 했다. 한 수 가르쳐준다는 듯 거드름을 피우는 말투라 거슬렸지만 여기에서 따지고 들면 그야말로 예민한 예술가 행세를 하는 거라서 감정을 숨긴 채 되도록 빨리 회사로 가겠다고 답했다.

7호선을 타고 강남구청역에 도착했다. 학동사거리로 향했다. 가는 길에 라이프북스에 들렀다. 라이프북스에서 일하는 정지돈이 있는지 살펴봤는데 없어서 커피만 테이크아웃했다. 오랜만에 회사에 가는 거라 긴장됐는데, 막상 도착하니까 아무도 없어서 마음이 놓이는 한편 김이 빠졌다. 팀장도 오지 않아서 전화를 걸었다. 누구한테 눈도장을 찍으라는 건가요?라고 비아냥거리면 재미있겠다는 생각이 들었는데, 사회생활이라는 단어가 들어간 잔소리를 들으면 득보다 실이 많을 것 같아서 하지 않기로 했다. 팀장이 전화를 받지 않아서 자리에 앉았다. 자리는 내가 떠나기 전 그대로였는데, 묘하게 낯설었다. 한 달 전만 해도 의심 없이 내 바운더리로 느껴졌던 이 공간이 이제는 나를 타자로 몰아내고 있었다. 불현듯 그 지점이 내게 영감을 주었고, 시간과 공간을 다룬 공포영화를 생각하다가 〈디 아더스〉와 〈식스센스〉가 떠올랐는데 이 영화들보다 더 사랑받는 작품을 만들 자신이 없어서 생각을 그만뒀다.

무료해서 컴퓨터를 켰다. 그동안 작업했던 파일들을 클릭해서 읽어내려갔다. 불현듯 내가 아닌 다른 사람이 작성한 것처럼 느껴졌고, 내가 실은 내가 아닌 게 아닐까, 생각하다가, 뜬금없이 손톱, 발톱을 잘라 아무 데나 버리면 생쥐가 주워 먹고 그 사람으로 변해버린다는 전래동화가 떠올랐다. 팀장에게 전화가 와서 망상에서 벗어났다. 팀장은 급한 일이 생겨서 투자사에 가는 길이라며 시간도 아낄 겸 전화로 미팅을 하자고 했다. 너만 눈도장을 찍게 생겼네, 라는 농담이 이어졌는데, 얄미워서 아무도 없다는 말을 굳이 하지는 않았다. 본론에 들어가기 앞서 팀장은 공포영화 기획을 맡은 소회를 물었다. 나는 시키는 일을 그냥 할 뿐이라고 하려다가, 또 잔소리를 들을까봐 생소한 장르

라 아직 잘 모르겠다고 했다. 팀장은 웃으면서 공
포라는 장르는 별거 없다고 했다. 사람을 놀라게
만들어서 돈을 버는 게 핵심이라는 둥, 10분에 한
번만 놀라게 하면 그만이라는 둥 너스레를 떨면
서. 나는 놀라면 무조건 공포영화인 거냐고, 놀람
의 종류도 여럿이지 않냐고, 좀 더 프로답게 말할
수 없냐고 따지려다가 팀장이 대표에게 요즘 사업
도 힘든데 우리 팀 직원 해고하시는 게 어떤가요,
역량도 부족하고 게으르기까지 한데, 라고 고자
질하는 장면을 상상하며 말을 아꼈다. 그 뒤 팀장
은 기획안 방향 설정에 착오가 있는 것 같아서 미
팅을 제안했다며 본론을 꺼냈다. 기획안이 사사롭
게 느껴졌다고 지적하면서, 시대정신이 결여된 게
문제라고 덧붙였다. 우리는 상업영화를 만드는 기
획사라고, 이건 소설이 아니라 영화라고, 리얼리
즘과 엔터테인먼트를 확보하는 한편 예술성은 최
대한 배제하라는 훈계가 따라붙었다. 전화를 끊은
뒤 곰곰이 생각했다. 예술성 따위는 애초에 욕심
낸 적도 없는데, 왜 그렇게 느꼈을까. 솔직히 내 소
설의 실패 원인과 같아서 속상했다.

회의록을 정리해서 팀장의 메일로 보낸 뒤 회사를 벗어났다. 허기져서 도산공원 근처 쉐이크쉑버거 매장에 들어갔다. 햄버거를 먹으면서 팀장의 지적을 되새기자 또다시 언짢아졌는데, 집까지 걸어갈 생각을 하니 모험을 떠나는 느낌이 들어서 나아졌다. 지도 어플을 켰다. 뚝섬역과 성수역을 거쳐 건대, 중곡동을 지나서 중랑천을 타고 위로 올라가면 될 것 같았다. 그 길목에 있는 장안동은 낯선 행선지라 설레기도 했다.

쉐이크쉑에서 나오니까 하늘에 먹구름이 가득 차 있었다. 좀 걸으니 빗방울이 쏟아져 내리기 시작했다. 비 피할 데를 찾다가 라이프북스로 향했다. 하교 시간인지 영동고등학교에서 학생들이 쏟아져 나왔다. 왜 남고생들을 시커멓다고 표현하는지 처음으로 실감했다.

라이프북스에는 여전히 정지돈이 없었다. 전화를 했더니 행사가 있어서 오지 않았다고 했다. 밤낮없이 일하는데 돈은 없다는 신세한탄을 주고받다가 다음에 만나자고 약속을 한 뒤 전화를 끊었다. 비가 그치기를 기다리는 동안 책을 둘러봤다. 내 책도 있었다. 『의인법』『홍학이 된 사나이』『나는 자급자족한다』『가정법』 모두 있었다. 『가정법』을 들춰봤는데 속지에 오한기 개새끼, 라고 쓰여 있었다. 처음에는 충격을 받았는데, 충격이 가신 뒤에는 호기심이 동해서 한동안 문구를 들여다봤다.

나는 유죄입니다.

나는 오한기 개새끼, 밑에 이렇게 썼다.

단편소설 두 편 정도 읽을 시간이 지나니까 빗줄기가 가늘어졌다. 라이프북스에서 나와 압구정로데오역을 향해 걸었다. 서울숲까지 지하철을 타고 이동한 뒤 중랑천을 향해 걸었더니 송정동이 나왔다. 송정동은 숲에 둘러싸인 낙원 같았다. 가난을 낭만화한 듯한 소박하지만 정갈한 느낌의 벽돌 주택들이 줄지어 서 있었고, 곳곳에 서울 3대

산책로라는 홍보 문구가 걸려 있었다. 비 내리는 평일 낮이라 인적이 드물어서 서울인가 싶게 고요했다. 나는 한적한 산책로는 축복이라고 되뇌며 걸었고 한동안 충만해지고 있다고 생각했다. 다만 어느 순간부터는 무언가 허전했다. 무언가를 보며 걷고 있었고, 무언가를 들으며 걷고 있었고, 분명 무언가를 감각하며 걷고 있었지만 그게 뭔지는 말할 수 없는 데서 오는 기운 빠지는 감정이었다.

산책로가 끝날 무렵 중랑천 너머 넓은 공터가 눈에 들어왔다. 서울에 이렇게 큰 공터가 있었나 궁금해서 검색했더니 지도에는 아무것도 표기돼 있지 않았다. 공터 주변에 서울하수도과학관, 한국교통안전공단 성동검사소, 서울특별시 성동도로사업소가 있어서 국유지라는 추측은 할 수 있었다. 정체가 뭘까, 저 허허벌판에 국정원 안가라도 있나, 아니면 유물 발굴 현장이라도 되나 상상을 이어가다가 그게 대체 나와 무슨 상관인가 싶어서 신경을 껐다.

산책로에서 벗어나 주거촌에 들어섰다. 발길이 닿는 대로 걷다 보니 코끼리히니타운이라는 귀여운 이름의 빌라가 보였다. 코끼리히니다운 마당을 거닐다가 요의가 들어서 옆에 있는 주민센터에서 해결했다. 주민센터 옆에는 아파트 단지가 있었다. 전세가를 알아볼 겸 검색을 해봤더니 성범죄자가 유난히 많은 동네라는 정보가 있었다.

하계동 – 중계동 – 상계동 – 당고개

목적 없음.

기획안을 펼쳐놓은 채 나도 모르게 타이핑을 하고 있었다. 목적 없음의 공포. 그런 공포가 이 세상에 존재한단 말인가. 틀림없이 있는 것 같다. 지금 이 순간 나는 확실히 그런 것 같다.

커피를 마시는 이유는? 각성해서 하루를 보내기 위해.

회사에 다니는 이유는? 월급을 받아 생계를 해결하기 위해.

소설을 쓰는 이유는? ……

목적. 목적이 중요하다. 어느 순간 산책에도 목적이 있어야 마땅하다는 생각이 들었다. 어제 빗속에서 장시간을 걸은 뒤 허무함을 느꼈던 게 떠올랐고, 그 이유에 대해 생각하다가 내린 결론이다. 목적이 없다면, 힘들여 걸을 게 아니라 구글맵 따위로 돌아다니면 되지 않을까, 하는 생각이 들었다. 나는 기획안에서 컨트롤 엔터를 쳐서 다음 장으로 커서를 옮긴 뒤 떠오르는 생각을 타이핑했다.

인정한다. 내 나이 서른일곱. 돈만 주면 뭐든지 한다. 언제부턴가 나는 변해버렸다. 빈털터리로 보낸 세월의 영향 탓이다. 어쩌면 산책에 대한 생각 역시 변했을지도 모른다. 칼로리 소모 이상의 의미가 있어야 한다. 예전처럼 목적 없이 걷고 있으면 조바심이 난다. 변했다고 반성하고 번뇌하고 한탄하는 건 의미 없는 시간이다.

산책의 목적이라. 가장 먼저 떠오르는 건 맛집을 정하고 그 근방을 돌아다니는 것이다. 전에도 말한 것 같은데 월급이 삭감된 처지에 이런 호사를 누릴 수는 없다. 다음으로 떠오르는 건 지인을 만나는 것이다. 지인의 거점을 확보하고 만나는 시간을 전후로 그 지역을 탐방하는 것. 장점은 지인과의 유대관계를 돈독하게 할 수 있다는 것. 단점은 불필요한 감정 소비. 무엇보다 시간 낭비. 나는 카카오톡 친구 목록을 훑어보다가 이 방법도 포기했다.

돈이 들지 않고 감정 소비와 시간 낭비를 하지 않는 것. 즉, 가성비가 좋은 산책의 목적에는 무엇이 있을까 고민하다가 찾아낸 게 있었다. 바로 나였다. 나는 가장 저렴한 주제이다. 재료는 나의 육체이고, 내면이며, 정신이다. 나는 나일뿐만 아니라, 나의 베스트 프렌드이자 소울메이트이다. 나를 따라가보자. 혹은 찾아가보자. 내면 여행을 떠나자. 뜬구름 잡는 소리를 하는 게 아니다. 실체가 있는 여행을 해보자. 공간. 내가 살았던 공간들, 인연이 있었던 공간들을 차례로 떠올렸다. 물론 의심은 들었다. 회귀본능. 나도 이제 아저씨가 된 건가? 이러다가 〈나의 아저씨〉가 인생 드라마라는 선배들의 의견에 동조할 때가 얼마 남지 않은 것인가. 20대 때는 아무렇게나 써도 실험적인 글이 됐는데, 이제 정신을 똑바로 차리지 않으면 아저씨 같은 글을 쓰게 되는 나이에 이르렀도다. 오, 문학의 신이시여. 나에게 부디 저주를 내려주세요.

아이스 아메리카노와 소시지빵으로 점심을 때운 뒤 나와 관련된 모든 공간을 타이핑하기 시작했다.

인양병원 : 출생
안양 박달동 : 출생~3세
석촌동 : 3~7세
가락시영아파트 : 7~9세
문정동 훼밀리아파트 : 9~12세
곤지암 : 12~16세
동국대학교, 장충동, 충무로 : 대학교

송탄 : 군대

성남 신흥동 청구아파트 : 16~32세

중곡동 : 32~34세

묵동 : 현재

　첫 행선지를 정하느라 고민했다. 처음이란 모름지기 중도 포기하지 않고 다음으로 넘어갈 수 있도록 무리하지 않는 게 중요하다는 생각이 들었다. 우선 안양병원과 박달동, 곤지암, 송탄은 지리적으로 멀어서 제외했다. 한 달에 두어 번씩 들르는 성남 본가와 지금 사는 묵동도 제외했다. 학교도 별 추억이 없어서 리스트에서 뺐다. 팀장에게 전화가 온 건 그때였다. 팀장이 뭐 하는 중이냐고 물었다. 나는 당황해서 공간에 대한 고민 중이라고 얼버무렸다. 팀장은 좋은 애티튜드라면서도 공간에 대한 고민은 중요하지만 그건 창작자 몫이지 기획자 입장에서는 좀 더 실질적인 걸 고민하는 게 효과적이지 않겠냐고 충고했다. 무언가 쏘아붙이고 싶었지만 어쨌든 근무시간은 회사에 저당 잡힌 시간이니까 문제를 일으키고 싶지 않아서 화를 삭인 뒤 왜 전화를 걸었냐고 물었다. 팀장은 대표님이 시나리오를 보냈는데 캐릭터 분석이 필요하다고 했다. 프로파일러와 야구부 고등학생이 주인공인 버디 수사물인데, 제작을 고려 중이라는 것이다.

두 시간 정도 캐릭터 분석을 해서 보고서를 발송한 뒤 첫 행선지를 다시 고민했다. 지도 어플을 켰다. 네 개로 추렸다. 석촌동, 가락시영아파트, 문정동 훼미리아파트, 중곡동. 석촌동에서는 석촌호수 인근 다세대주택 반지하에 살았는데, 석촌동 부근에 지도를 두고 기억을 더듬었지만 어디인지 도무지 기억나지 않았다. 딱 하나 기억나는 게 있다면 엄마와 엄마손백화점에 자주 들락거렸다는 건데, 지도를 보니 엄마손백화점은 사라지고 없었다. 일단 석촌동에 발을 디디고 찾아볼까 하다가 아무래도 옛 흔적이 남아 있는 행선지가 수월할 것 같아서 다른 지역으로 관심을 옮겼다. 가락시영아파트는 헬리오시티로 재건축이 됐으니까 일단 패스하고. 중곡동은 얼마 전까지 산 데다가 묵동과 가까워서 당기지 않고. 남은 건 휘밀리아파트 하나였다. 주민이 분노한 듯한 필치로 작성한 블로그를 읽어보니 휘밀리아파트는 성남비행장 고도제한으로 인해 재건축이 녹록지 않은 모양이었다. 몇몇 이미지들을 보니 기억과 거의 다를 바 없었다.

집에 갈 때를 놓쳐서 해가 질 무렵이 돼서야 카페 밖으로 나왔다. 짬뽕을 먹은 뒤 하계동, 중계동 방향으로 걸었다. 분당을 연상하게 하는 아파트촌이 끝없이 이어졌다. 예상 밖의 공간이 없어서 산책하는 재미는 확실히 덜했다. 그런데 상계동을 지나고 지상철 밑을 통과해 당고개역 방향으로 올라갈수록 어떤 공간이나 건축물이 출연할지 예측이 안 돼서 서스펜스를 자아냈다. 당고개역에 다다르자 뿌연 미세먼지가 끼어서 거짓말 좀 보태 한 치 앞도 보이지 않았다. 출출해졌다. 신라호텔 제과명인의 열여섯 번째 제자가 운영하는 빵집이라고 크게 써 붙인 베이커리에서 땅콩 크림빵을 샀는데 두 입 먹고 버렸다. 노원역으로 방향을 바

꿔 걷다가 영화가 보고 싶어서 극장을 검색했다. 롯데백화점 인근에 더숲아트시네마라는 작은 영화관이 있어서 〈벌새〉를 봤다.

훼밀리아파트

주말 동안 따뜻해서 봄 날씨 같더니 일어나니까 눈이 내리고 있었다. 베란다로 나가 한동안 눈 내리는 광경을 바라봤다. 내 시선에 닿는 모든 공간과 사물에 눈이 쌓이고 있었다. 코끝이 찡했다. 옅은 우울감이 있는 것 같았는데 그 원인은 파악할 수 없었다.

눈이 그쳤다. 카페로 출근했다. 라떼를 주문한 뒤 인터넷으로 주민등록초본을 열람하고 가물가물했던 주소를 확인했다. 훼밀리아파트 106동 1102호. 잠시 숨을 돌리고 있으니까 눈이 쌓여서 출근하기 무섭다는 문자가 왔다. 문창과를 졸업하고 포스코 홍보팀에 입사한 후배의 문자였다. 3년 전인가 동대문DDP에서 우연히 마주치고 나중에 보자 해놓고선 연락이 닿지 않았는데, 무슨 일로 갑자기 연락했는지 궁금했지만 묻기도 민망해서 차를 놓고 출근하는 게 좋을 것 같다고 회신했다. 곧바로 자차로 다녀 버릇하니까 대중교통이 두렵다, 라는 회신이 왔다. 무서움과 두려움의 싸움이군, 이라고 문자를 썼다가 왠지 빈정거리는 것 같아서 안부를 묻는 문자를 보냈는데 답장이 없었다. 후배가 문자를 보낸 이유에 대해 생각해봤는데, 추측되는 바는 몇 가지 있지만 민감한 사안이라 적진 않겠다.

기획서를 쓰는데 잘 풀리지 않았다. 유명 감독들이 추천한 공포물 몇 개를 다운받아 훑어보다 집중이 되지 않아서 껐다. 영화관에서 느꼈던, 임의대로 중단시키지 못하는 러닝타임의 공포에 대해서도 생각했지만, 개인적인 경험인 것 같아 작품으로 발전시키기에는 무리가 따를 것 같았다.

단순한 것에서 출발해야 한다고 스티븐 킹이 작법서에 써놓았던 것 같은데, 스티븐 킹 생각을 하니까 스티븐 킹의 생존 여부가 헷갈렸다. 검색해보니 아직 살아 있었고 나이도 생각보다 어렸다.

스티븐 킹 말마따나 단순한 것에서 출발해보기로 했다. 내가 무서워하는 건 뭘까? 나는 워드 창을 켜고 끄적였다.

공포영화
오물
정리해고

공포영화에 대한 공포영화? 메타 영화? 생각만 해도 지루하다. 창작자만 만족하는 작품. 그럼 오물? 구체적으로 어떤 오물이 좋을까? 토사물? 배설물? 비위가 상해서 쓸 자신이 없다. 정리해고는 그나마 좀 끌리긴 하는데 이미 비슷한 주제를 다룬 작품들이 여럿 있지 않나?

커피를 리필하고 크루아상을 먹은 뒤 어제 작성해둔 기획안을 보충해서 예약 메일을 걸고 평소보다 일찍 길을 나섰다. 아침에 눈이 오길래 춥겠다 싶어 롱 패딩을 입었는데 걷다 보니 금세 땀이 차서 후회했다. 광나루역까지 지하철을 탄 뒤 육로를 통해 강남으로 갈 수 있는 유일한 다리인 광진교를 건넜는데, 세찬 바람이 불어서 휘청거렸지만 이제 나잇살이 붙어서 날아갈 리 없다는 것을 되새기곤 안심했다. 방법은 스스로 뛰어들어서 추락하는 것뿐.

천호동, 풍납동, 아산병원, 잠실을 거쳐 가락시장역에 도착하자 오후 세 시가 넘어 있었다. 약간 설레었다. 왜냐하면 그 시절 기억이 좋게 남아 있었기 때문이다. 유복했던 유년기. 엄마, 아빠가 한양대병원에서 암 투병 중이던 할아버지의 병간호를 하느라 집에 오지 않아서 밤새 비디오를 봤던 기억. 아빠의 택트 뒤에 타고 단지를 활보했던 기억. 상가 서점 구석에 숨어 추리소설을 읽었던 기억. KFC가 단지 내에 들어와서 그 매콤하고 바삭

한 치킨버거를 수도 없이 먹어치웠던 기억.

　가락시장역에서 가락시장을 끼고 돌았다. 가락시장에서 얼음 소매업을 하던 젊은 시절의 아빠가 곤지암에 얼음공장을 지을지 훼미리아파트 상가에 카페를 차릴지 고민하던 게 떠올랐다. 타임머신이 있다면 고민하지 말고 카페나 차리라고 충고해주고 싶다는 생각을 하면서 대로를 건너 아파트 후문을 통과했다. 아파트는 내가 떠나 있었던 시간만큼 낡은 것 같기도 했고 애초에 그만큼 낡아 있었던 것 같기도 했다. 기억나지만 기억나지 않는다, 라는 모순 가득한 문장을 머릿속에 굴리며, 가원초등학교와 대형 평수가 몰려 있던 하늘색, 민트색 아파트를 지나 소형 평수의 분홍색 아파트 단지로 들어섰다. 어린 나이였지만 우리 집이 가장 작은 평수라는 데 자존심이 상했고 분홍색을 창피한 색이라고 여겼던 게 떠올랐다.

　106동 로비에 발을 딛자 어린 시절 친구 hu가네 자지 왕 자지 태평양 고래 자지 만지면 말랑말

랑 튀기면 바삭바삭 먹으면 우웩우웩, 이라고 시작하는 노래를 불러서 엄마를 당황하게 했던 기억이 떠올랐다. 자지의 뜻도 모른 채 단순히 리듬이 웃겨서 멍청하게 웃고 있는 내 모습도. 엄마가 hu와 어울리지 말라고 했던 기억도. 나는 그 노래 때문인지는 몰라도 진짜 hu와 멀어졌다.

엘리베이터에 오르자 비로소 내가 뭘 하고 있는지 자각이 됐다. 무턱대고 문을 두드리는 낯선 자를 누가 환대할까. 이래서 생각이라는 게 필요하구나 생각했고, 그런데 생각을 많이 했다면 이토록 무모한 산책을 할 수 있었을까 생각하다가, 생각이라는 게 일장일단이 있구나 생각했다.

11층. 엘리베이터 문이 열렸다. 현관문이 보였다. 저 문을 두드려야 하나? 누가 나오면 뭐라고 해야 안을 볼 수 있을까? 강도로 오해받는 거 아닐까? 오해받아도 할 말 없지 않을까? 재택근무의 무료함을 이기지 못해 산책을 나섰다가, 그 산책의 무목적성을 극복하지 못해, 나를 찾아서, 기억 속 공간을 찾아서 여기까지 당도한, 20여 년 전에 이 집에 살던 사람이라고 말하면 입주자는 어떤 반응을 보일까? 설득이 될까? 차라리 목이 마르니 물 한 잔만 달라고 하는 게 설득력 있지 않을까? 머릿속에는 갖가지 단상들이 떠다녔다.

걱정과 달리 현관문은 열려 있었다. 저질러보기로 하고 슬쩍 들어갔다. 집 안에는 세 사람이 있었는데, 그들이 일제히 나를 돌아봤다. 백인 남성 하나, 한국인 남성 둘이었는데 집주인 같지는 않았다. 이사를 나갔는지 집은 텅 비어 있었다. 한국인 남성 중 하나가 내게 누구냐고 물었다. 나는 입을 뗐다가 괜한 오해를 받는 거 아닐까 걱정했는데, 아무 말도 하지 않는 게 더 이상하다는 생각이 들어서 자초지종을 설명했다.

알고 보니 백인 남성은 크리스토퍼 놀런이었다. 맞다. 그 유명한 영화감독 말이다. 한국인 남성 중하나는 공인중개사, 다른 하나는 크리스토퍼 놀런의 한국 에이전트였다. 당연히 크리스토퍼 놀런의 존재는 알고 있었지만, 그의 얼굴에 관심을 가진 적은 없기 때문에 그 자리에서 사진을 검색해보고 나서야 내가 마주하고 있는 게 크리스토퍼 놀런이 맞다고 판단했다. 신기하기는 했는데 그때뿐이었다. 평소 크리스토퍼 놀런은 과대평가됐다고 생각하는 편이어서 별 관심은 가지 않았다.

반면 크리스토퍼 놀런은 내게 관심을 보였다. 처음에는 봉준호를 닮았다고 놀라워했고, 이 집에서 어린 시절을 보냈다고 하니까 호감까지 표했다. 크리스토퍼 놀런은 나라는 인간에 대해 설명해줄 수 있냐고 물었고, 나는 소설가이자 PD라고 간단히 소개했다. 공포영화를 기획하고 있다고 하자, 크리스토퍼 놀런은 공포영화를 몇 개 추천해줬고 특히 동양의 공포영화들이 독특한 기운을 갖고 있다고 했는데, 나는 그게 인종차별이라고 생각했지만 입 밖으로는 내뱉지 못했다. 여기까지 대화를 마치고 집을 둘러보려고 했는데, 크리스토퍼 놀런이 왜 자신이 여기 있는지 궁금하지 않냐고 물었다. 나는 딱히 궁금하진 않았지만 예의

상 왜 여기 있냐고 물었다. 크리스토퍼 놀런은 코로나로 인해 〈테넷〉 제작이 무산되고 빈둥대던 차인플레이션으로 돈의 가치가 떨어지자 조바심이 났고, 자산관리인의 조언으로 서울 아파트에 투자하러 왔다고 했다. 그제야 왜 크리스토퍼 놀런이 공인중개사와 같이 있나 이해됐고, 내가 예전에 살던 집을 크리스토퍼 놀런이 매입할지도 모른다는 것과 내가 영화계에 몸을 걸치고 있다는 것의 연관성에 대해 생각하다가 아무 연관이 없다는 깨닫고 생각을 멈췄다.

예상도 못한 일이 벌어졌다. 크리스토퍼 놀런이 내게 제안을 하나 한 것이다. 나는 미래를 위해 온 것이고, 당신은 과거를 위해 온 것이다. 나는 미래를 향해 달리고 있고, 당신은 과거를 향해 달리고 있다. 정반대 방향을 향해 달리고 있는데 우리 둘이 만났다는 게 신기하지 않나? 뭐 이런 식의 이야기가 서두에 깔렸는데 에이전트의 통역을 통해 들어서 그런가 솔직히 이해하기 힘들었다. 내가 알아들은 건 그 뒤로 이어지는 이야기였다. 한국에

체류하는 동안 실험영화를 촬영할 건데 배우 경력이 없는 일반인을 섭외할 예정이며 이렇게 만난 것도 인연인데 출연할 생각이 없냐는 것이었다.

거절했다. 나는 영화 따위에 출현해서 뭐 하나, 얼굴이나 팔리지, 이런 생각을 하는 타입이었다. 크리스토퍼 놀런은 다시 한 번 제안했다. 말이 조금 달라졌다. 내 시간을 매입하겠다는 것이다. 아무래도 내가 튕기니까 매입, 즉 돈을 주고 거래한다는 뉘앙스를 풍긴 것 같았다. 돈이 궁하던 차라 처음보다 구미가 당겼지만, 나는 다시 한 번 정중히 거절하며 연기에 욕심도 자신도 없다고 했다. 크리스토퍼 놀런은 당신의 그런 아마추어리즘을 캐스팅하는 거라며 상관없다고 말했다. 나는 물어나 보자 싶어서 매입가는 얼마냐고 물었다. 일당 12만 원이라는 구체적인 액수가 제시됐다. 에이전트는 할리우드 단역배우의 일당과 같다고 부연 설명했다. 내 머리는 의지와 상관없이 빠르게 돌아갔다. 단순하게 계산해보자. 하루에 12만 원. 열흘이면 120만 원. 월급 300만 원. 연봉 5천만 원. 지금 연봉의 두 배였다. 이래서 누구나 기회는 있다고 하는구나 하는 생각이 저절로 들었고 마음이 순식간에 돌변해 입 밖으로 해보겠다는 말이 튀어나왔다. 크리스토퍼 놀런은 그럴 줄 알았다는 표정으로 히죽거렸는데 기분이 나쁘다기보다는 혹시나 크리스토퍼 놀런의 마음이 바뀌면 어쩌지라는 불안감이 앞섰다. 나는 진취적인 제스처를 취하며 앞으로 뭘 하면 되냐고 물었다. 에이전트는 명함을 건네며 내일 기별할 테니 문자로 연락처와 메일 주소를 남겨달라고 했다.

크리스토퍼 놀런이 다른 매물을 보러 떠난 뒤에야 집을 둘러볼 틈이 났다. 방 세 개. 주방. 거실. 화장실. 베란다. 현관에 붙어 있는 작은방이 어린 시절 내 방이었다. 그 방에서 홍역을 앓았고 어린 나이에도 이러다 죽겠구나 생각했던 기억이 희미하게 났다.

창동

카페로 출근했는데 중학교 동창이 보였다. 곤지
암에서 유년기를 함께 보내고 십수 년 만에 조우
한 것이었다. 반갑다기보다는 당황스러웠다. 예상
치 못한 만남을 맞닥뜨리면 늘 이렇게 느끼는 편
이다. 피하고 싶었지만 동창이 나를 한눈에 알아
봤기에 어쩔 수 없이 근황을 나눴다. 우리가 이토
록 친분이 있었나 갸우뚱했지만, 동창이 반가워하는
걸로 봐서 얼굴을 붉힐 만한 사이는 아니었던 것
같았다. 동창은 자신은 패션디자이너이고 와이프
는 미용사인데 둘의 직장이 있는 청담동과 가깝
고 집값이 저렴해서 중화동에 자리 잡았다고 했

다. 조만간 저녁 식사를 약속하고 전화번호를 교환한 뒤 헤어졌다. 나는 동창의 아기에게 줄 선물과 연락이 오면 약속을 거절할 핑계를 동시에 생각했다.

커피를 주문하고 자리에 앉아서 기획안을 썼다. 오늘따라 작업이 잘됐다. 방금 맞닥뜨린 동창에게서 영감을 받은 것으로, 정신착란을 겪고 있는 정보 요원에게 옛 동료라며 기억에 없는 누군가가 접근하는데, 기억을 되찾고 보니 과거 자신이 살해했던 이중 스파이의 원혼이었다는 이야기였다. 쓰고 보니 〈홈랜드〉와 프레임이 유사하고 호러보다는 스릴러에 가까운 것 같아서 긴가민가했지만 일단 썼으니 팀장에게 예약 메일을 걸어놓았다.

크리스토퍼 놀런의 에이전트에게 메일이 왔다. 인적 사항과 통장 사본을 요청하며, 퀵서비스로 보낼 게 있으니 상주하는 공간의 주소를 남겨달라는 내용이 담겨 있었다. 인적 사항과 통장 사본, 카페 주소를 써서 회신하고 얼마 지나지 않아 메일로 시나리오가 도착했다. 클릭할까 하다가 주저했다. 열어보는 순간 매트릭스의 세계로 넘어가는 게 아닐까 하는 생각이 들었는데, 곧바로 〈매트릭스〉의 감독은 놀런이 아니라 워쇼스키라는 게 떠올라서 헛웃음이 비집어 나왔다. 그 순간 괜히 한다고 나섰다는 후회도 들었다. 신종 사기일 수도 있지 않은가. 이 나라에 사기꾼이 판치는 건 사기죄 형량이 터무니없이 낮아서란 말을 어딘가에서 읽은 적이 있었다. 서둘러 크리스토퍼 놀런을 검색했다. 내한했는데 개인적인 일정이 있어서 공식 스케줄을 잡지 않았다는 단신이 나왔다. 의심이 누그러들었지만 크리스토퍼 놀런이 내게 일급 12만 원의 일자리를, 그것도 배우를 제안했다는 걸 누군가에게 말하면 십중팔구 사기당했다고 할 것이었다. 다시메일을 보내 계약을 무를까 했는데 일당이 아쉬웠다. 만약 사기가 아니라면 막대한 손해인데, 계약을 무르고도 후회하지 않기 위해서는 부업을 마련해둬야겠다는 생각이 들었다. 다시 수익형 블로그수익에 대해 검색하다가 방치하던 블로그를 들여다봤다. 첫 직장에 다닐 때 만든 블로그였다. 간혹

스트레스를 받을 때마다 몇 문장씩 끄적거렸던 게 기억났다.

아무것도 하기 싫어졌다. 소설이 미래를 보장해주지 않는다.

19일이 돼서야 첫 일기를 쓴다. 누군가와 통화했는데 기록이 남아 있지 않다.

바람이 불면 보인다. 이상한 사람이라는 말을 들었다.

11월 일기는 29일에 시작한다.

하루하루 두렵다. 정신 차려!

개인적으로 큰일이 두 가지 일어났다. 굳이 메모해두지 않아도 죽을 때까지 기억할 것 같아서, 기록은 생략한다.

블로그를 읽다 보니, 그 무렵 심적으로 고된 시간을 보냈던 게 기억났다. 감정 표현을 하지 않은 것도 있지만, 아무도 위로해주지 않아서 내심 서러웠던 것도 기억났다. 가까웠던 사람들에게조차 거리감이 느껴졌고 지금까지도 그 거리감은 좀처럼 줄어들 기미가 보이지 않는다.

수익형 블로그 검색을 이어가다가 멈췄다. 하루 하나의 포스팅으로 월 500만 원 수입이니, 최적화 블로그를 키워 팔면 1억이라느니, 모조리 사기꾼 같은 소리만 하고 있었기 때문이었다. 이왕 사기 당하는 거 네이버보다 크리스토퍼 놀런에게 사기를 당하는 게 낫지 않을까 하는 생각도 들었다.

어느 순간 누군가 내 이름을 크게 불렀다. 나는 고개를 들었다. 오토바이 헬멧을 쓴 남자가 내 이름을 부르고 있었다. 퀵서비스 기사 같았다. 나는 손을 들었다. 남자가 다가와서 서류 봉투와 새장을 건넸다. 당황스럽게도 새장 안에는 적갈색과 파란색이 섞인 앵무새가 들어 있었다. 주위 시선이 집중되는 느낌이 들었다. 웅성거리는 소리도 들렸다. 나는 이게 뭐냐고 물었고, 퀵서비스 기사는 어깨를 으쓱하고 돌아섰다.

앵무새는 횃대에 매달린 채 경계를 하듯 주위를 두리번거렸다. 나는 앵무새가 대체 왜 나한테까지 흘러왔는지 따져보면서도 답이 나올 거라는 기대는 하지 않았다. 그때 휴대폰이 울렸다. 전화를 받았다. 크리스토퍼 놀런의 에이전트였다. 에이전트가 보낸 건 잘 받았냐고 물었다. 나는 이 앵무새는 뭐냐고 물었다. 에이전트는 그 앵무새와 당신이 크리스토퍼 놀런의 비밀 프로젝트의 두 축이라고 했다. 시나리오는 아직 안 읽어봤나 보군요, 라는 말이 이어서 들렸다.

읽어보시면 알겠지만, 그 앵무새는 당신의 또 다른 자아입니다. 당신이라고 여기면 돼요.

에이전트가 덧붙였다.

그럼 저는요?

내가 물었다.

당신은 당신이죠.

에이전트가 대답했다. 이런 선문답이 한동안 오 갔다. 나는 그럼 앵무새는 인간의 상징이기라도 한 거냐고 물었다. 에이전트는 비슷하다고 했다.

혹시 인간의 말을 따라 해서요?

내가 재차 물었다. 에이전트는 비슷하긴 한데 그렇게 얕은 차원은 아니라고 했다. 요새 크리스 토퍼 놀런이 관심을 갖고 있는 분야는 인간의 대 체재를 찾는 것으로, 다른 예술가들이 AI나 로봇 에 관심을 갖을 때 크리스토퍼 놀런은 역으로 동 물을 탐구하고 있다고 했다. 포유류보다는 인간과 거리가 먼 조류이면서도 인간의 언어를 흉내 내는 앵무새에 가장 관심을 갖고 있다나. 에이전트는 그래서 크리스토퍼 놀런이 조류상의 배우만 캐스 팅하고 있다고 덧붙였다. 말인즉슨 내가 조류상이 라는 의미이기도 해서 불쾌했는데, 삼자에게 화를 낼 수는 없어서 참았다. 봉준호도 닮고 조류도 닮 았으니 그건 뭐지. 그런데 거울에 비친 나를 상상 하니까 무슨 말인지 알 것 같기도 했다.

앵무새에게 계좌를 개설해달라는 말을 가르치 세요. 당신의 언어로.

에이전트가 대사 연습을 하라고 미리 앵무새를 보냈다며 이렇게 주문했다. 나는 앵무새가 계좌를 개설한다니 그게 무슨 이야기냐고 했다. 에이전트는 아무래도 지금 시나리오를 훑어보는 게 좋겠다고 했고, 나는 전화를 끊지 않은 채 시나리오 파일을 열었다.

1. 탄생

장소 : 은행 혹은 증권사(자본주의의 태동)

앵무새를 어깨에 얹은 인물이 계좌를 개설한다.

알에서 앵무새가 깨어난다.
알은 달걀로 대체할 것.
에디슨이 알을 품는 재연 영상과 교차편집?

청원경찰과의 대화.
갈등. 혹은 격렬한 결투.

앵무새 대사 필요 : 계좌 개설 요구.

2. 여정

앵무새와 함께 롯데타워 걸어서 오르기.
층수는 인간의 수명을 상징.

옥상에서 헬기를 탈 수 있나?

#3. 죽음

동물병원에서 안락사.
혹은 동물원.
혹은 방생.

목 졸라 죽일 것.
혹은 날개를 자를 것.
피.

하얀 피.

자충수?

시나리오라기보다는 아이디어가 적힌 메모 같
았다. 세 개의 큰 시퀀스로 구성됐다는 것만 짐작
될 뿐, 추상적인 이미지들이 정리되지 않은 채 출
렁대고 있는 느낌이었다. 에이전트는 스케치일 뿐
이니 느낌을 잡는 데 참고하라고, 대본은 좀 더 걸
릴 것 같다고 수화기 너머에서 말했다. 그 뒤 나는
질문을 퍼부었다. 제목은? 일정은? 장비는? 촬영
은? 스태프 구성은? 개봉은? 영화제 출품은? 대답
이 돌아왔다. 제목은 아포칼립스나 음주단속 중
하나로 생각 중인데 아예 다른 게 될지도 모르겠
다. 일정은 조만간 정해질 거다. 나머지는 신경 쓸
것 없다. 배우에게 필요한 건 오로지 무의식을 열
어놓는 것뿐. 에이전트의 이야기가 이어졌고, 나
는 크리스토퍼 놀런이 무슨 홍상수냐고 빈정대고
싶은 걸 꾹 참고 이 작품을 해야 하나 말아야 하나
고민하기 시작했다. 도무지 확신이 들지 않았다.

통화의 말미에 에이전트가 오늘부터 출연료가 정산된다고 들었다며, 계약서를 검토해본 뒤 서명하고 우편으로 보내달라고 했다. 그때 핸드폰으로 입출금 알림 문자가 왔다. 확인해봤더니 정체 모를 회사에서 일당이 들어와 있었다. 하는 쪽으로 마음이 기울었다.

전화를 끊은 뒤 퀵으로 온 서류 봉투를 열자 계약서가 들어 있었다. 특별한 건 없었다. 불의의 사고로 촬영이 지연될 경우 촬영이 재개될 때까지 약속된 보수의 80퍼센트를 지급할 예정이라는 문구가 눈에 띄었다. 촬영을 하다가 그리 심각하지 않은 사고가 났으면 좋겠다는 생각을 하며 서명을 했다. 그때 카페 직원이 다가와서 컴플레인이 들어왔으니 앵무새를 데리고 나가달라고 부탁했다.

우체국에 들러서 계약서를 보내고 집에 도착했다. 새장을 베란다 선반 위에 올려둔 뒤 소파에 앉아 점심으로 뭘 먹을까 생각했다. 매콤한 게 당겨서 신라면에 청양고추까지 넣고 끓였다. 먹고 나니 속이 아려서 초코우유를 마셨다. 땀이 줄줄 흘렸고 속이 답답했다. 창문을 열었다. 찬 공기가 들어오니 좀 나아지는 것 같았다. 예약 메일을 걸어둔 걸 읽었는지 팀장에게 전화가 왔다. 정통 호러와는 동떨어져 있지만 흥미로운 서사이니 발전시켜보자는 전화였다. 칭찬을 받으니 들떴는데, 전화를 끊고 나서 왜 팀장의 평가에 일희일비해야 하나 싶어 착잡해졌다.

밖으로 나갔다. 노원역까지 걸어가서 노해로를 통해 중랑천을 건넌 뒤 창동 일대를 돌고 녹천역을 거쳐 광운대학교까지 다녀왔다. 특별히 기억에 남는 건 없다. 영화에 출연한다는 생각에 기대와 후회가 교차됐고 공중에 붕 뜬 기분으로 하염없이 걸었던 것 같다.

월곡동 - 종암동 - 공릉동

몸이 무거웠다. 잠을 잘못 잤는지 어깨가 결렸다. 침대에서 일어나 유튜브를 보면서 스트레칭을 따라 했다. 어깨를 돌려보니 나아진 것 같았다. 가래떡을 전자레인지에 돌려서 꿀을 곁들여 아침을 때운 뒤 계좌를 확인했다. 12만 원이 입금돼 있었다. 이 정도면 사기라도 괜찮은 거 아닌가, 라는 생각이 들었다.

씻고 나오니까 에이전트로부터 첫 신이 구체화됐다는 메일이 와 있었다. 첫 신 촬영일은 사흘 뒤로 잡혔다는 내용도 있었다. 나는 시나리오 파일을 열었다.

#1. 은행 / 낮

은행에 진입하는 오한기.

오한기의 어깨에는 앵무새가 앉아 있다.

cut to)

창구에 앉는 오한기, 은행원에게 말한다.

오한기 : 앵무새의 계좌를 개설해달라.

앵무새 : 계좌를 개설해달라.

은행원 : 사람은 되지만 앵무새는 되지 않습니

다.

오한기 : 앵무새의 계좌를 개설해달라.

앵무새 : 계좌를 개설해달라.

소란스럽자, 청원경찰이 다가온다.

청원경찰 : 실례하겠습니다. 신분증 좀 확인하

겠습니다.

오한기, 품에서 총을 꺼내 겨누며.

오한기 : 당신은 가짜야, 진짜는 나고.

cut to)
심해.
범고래가 유유히 밑바닥을 훑고 다닌다.
입을 벌리는 범고래, 수백만 마리의 플랑크톤이
범고래의 입으로 들어간다.

그때 들리는 총성.
범고래를 비롯한 어패류들이 부리나케 달아난다.
무언가 무겁고 둔탁한 발광체가 심해로 가라앉
는다.
심해를 헤집는 휘황찬란한 빛.

cut to)
심해 바닥, 난파선.

난파선 안에는 에디슨의 시체가 누워 있다.

에디슨은 오른손에 계란을, 왼손에 전구를 쥐고 있다.

그때 전구가 깜빡이더니 불이 들어온다.

당신은 가짜야. 진짜는 나고. 가짜는 당신이야. 내가 진짜고. 당신은 가짜일걸. 진짜는 나란 말이야.

대사를 입맛에 맞게 변형해서 몇 번 읊조린 뒤 베란다로 나가 보니 앵무새가 횟대에 대롱대롱 매달린 채 나를 꼬나보고 있었다.

계좌를 개설해달라.

나는 앵무새를 향해 중얼거렸다. 앵무새는 시큰둥했다. 따라 해보라고 했지만 묵묵부답이었다.

배고파. 배고파.

채근하니까 앵무새가 찢어지는 듯한 음성으로 말했다. 그제야 앵무새가 어제부터 아무것도 먹지 않았다는 것을 떠올렸다.

이마트에 가서 모이를 샀다. 시간이 애매했다. 집에서 일할 요량으로 커피를 테이크아웃해서 들어왔다. 모이통에 사료를 담아주었다. 고마워, 고마워 정도의 멘트를 기대했는데, 앵무새는 모이를 쪼느라 바빠서 나를 거들떠 보지도 않았다.

계좌를 개설해달라.

앵무새가 모이를 다 먹을 때까지 기다렸다가 말했다. 앵무새는 이 인간이 왜 이런 말을 하는지 모르겠다는 듯 순진무구한 눈으로 나를 빤히 바라봤다.

계좌를 개설해달라. 따라 해보라니까.

내가 재촉했다.

안녕. 반가워. 쪼다.

앵무새가 화답했다.

출근 보고가 늦어졌다. 팀장이 별말이 없어서 다행이다 싶었는데, 금세 내가 팀장의 노예라도 되나 싶어서 불쾌해졌다. 얼굴을 마주한 것도 아니고 말을 섞은 것도 아닌데, 한 사람이 다른 한 사람의 하루에 이렇게 지대한 영향을 끼치는 게 신기할 따름이었다.

잡무가 떨어졌다. 엑셀로 시나리오 리스트를 정리하느라 오전 나절이 지났다. 그게 끝이 아니었다. 점심을 먹은 뒤엔 투자 제안서를 작성했다. 중간중간 커피를 사다 날랐고 초콜릿도 끊임없이 입에 넣었다. 커피와 초콜릿을 많이 먹으니까 구취가 나는 것 같아서 연거푸 양치질을 했다. 팀장과도 다섯 번이나 통화했다. 무슨 이유인지는 몰라도 내게 계속 짜증을 냈는데, 황당한 건 짜증을 낸 뒤 미안하다고 사과를 하고 잠시 후 또 짜증을 내는 것이었다.

로그라인 : 악덕 상사를 살해한 신입 사원, 어느 날부터 상사의 목소리가 신입 사원의 성대를 통해 흘러나오는데……

문득 기획안이 떠올라서 써 내려가다가 영감을 받은 대상이 팀장이라는 것을 눈치챌까봐 보류하고 투자 제안서로 되돌아갔다.

세 시쯤 팀장이 투자사 미팅에 간다고 해서 제

안서 작업을 끝냈다. 내 욕심 같아서는 더 다듬어
야 하는데, 팀장은 나무가 아니라 숲을 보라며 작
업을 마무리하자고 했다. 나무랄 게 없는데 숲이
있을 턱이 있나요, 라고 빈정거리고 싶었지만 미
련을 접고 파이팅하세요, 따위의 문자를 남겼다.

앵무새에게 물을 준 뒤 소파에 앉아 크리스토퍼
놀런의 시나리오를 다시 읽었다. 읽으면 읽을수록
감이 잡히지 않았다. 무언가 추상적이랄까. 시나
리오에는 분명 결핍된 게 있었다. 곰곰이 생각해
보니 그 결핍이 뭔지 알 것 같았다. 바로 공간이었
다. 시나리오라면 응당 장소가 표기돼 있어야 하
는데, 크리스토퍼 놀런의 시나리오에는 부재했다.
어떤 은행인지 명시돼 있지 않은 것이다. 에이전
트에게 메시지를 보냈더니, 크리스토퍼 놀런이 배
우의 의지와 재량에 맡기고 싶어 한다며, 내가 정
한 장소를 섭외할테니 하루 전에만 연락을 달라는
답이 돌아왔다. 까다로운 요구라는 생각이 들었
고, 동시에 일당 12만 원인데 이 정도는 지시할 수
있다는 생각도 들었다.

시나리오를 몇 번이고 반복해 읽었다. 공간의 부재를 감안하고서라도 여전히 감이 잡히지 않았다. 이를테면, 범고래는 뜬금없이 왜 나온단 말인가. 아니, 이건 예술성을 억지로 삽입한 거라 치고 넘어가자. 그런데 주인공은 왜 갑자기 품에서 총을 꺼내지? 한국은 총기 소지 금지 국가인데? 현실은 전혀 고려되지 않은 건가? 주인공이 경찰이나 군인이라도 되나? 불현듯 영화 시나리오를 전공했던 jj가 기억났다. 창작보다는 코멘트에 능했던 jj. 조언을 받고 싶었지만 선뜻 연락할 수 없었다. 작년 이맘때 jj가 시나리오를 봐달라고 메일을 보내왔는데, 시나리오가 영 별로라서 뜸을 들이다가 결국 회신을 하지 않았기 때문이었다. 수차례 전화도 받지 않았다. 질 낮은 시나리오를 읽었다는 게 시간 낭비처럼 느껴져서 화가 났었는데, 그땐 왜 그렇게 감정적이었는지 모르겠다. 지금은 아무렇지도 않은데.

jj 생각을 계속하다가, jj가 작년 이맘때만 해도 종암경찰서 뒤편 빌라에 살았던 걸 기억해냈다.

서너 번 놀러 갔던 것도. 지도를 살펴보니 어디쯤인지 알 것 같았다. 나는 우연에 의지하는 습성이 있었다. 종암동을 거닐다가 우연히 jj를 만나면 당시 일을 사과하고 시나리오를 봐달라고 부탁할까 하는 생각이 든 것이다. 이러면 내가 판을 쥔 느낌이 아니다. 신이 판을 쥐고 흔드는 느낌이지. 그럼 내 말과 행동은 운명이 된다. jj와의 조우는 신의 계시쯤 되려나.

나는 시나리오를 외투 주머니에 구겨 넣은 채 종암동을 향해 걸었다. 중랑천을 건너 돌곶이역, 월곡역, 상월곡역을 거쳐 동덕여자대학교를 지나 종암동 방면으로 올라가는 루트였다. 지도상으로는 가깝게 느껴졌는데, 실제로 걷다 보니까 힘들기 그지없었다. 정신적으로도 그랬다. 국밥 일색의 음식점들, 모노톤의 건물 배색, 장위동 재개발 현장, 배를 곯아 삐쩍 마르고 버짐이 핀 길고양이들, 인적 없는 거리의 황량한 풍경이 고통을 가해서 일부러 주거촌으로 돌아가다 보니 시간이 배는 걸렸다. 중간중간 서울 꿈의숲 방면으로 빠지고 싶은 욕망이 들었는데 간신히 자제했다. 동덕여대 앞을 지날 때 새하얀 사찰풍의 건물이 눈에 띄었는데, 용도를 짐작할 수 없었다. 검색해보려다가 상상하는 편이 재미 있겠다는 생각이 들었고, 하얀색을 숭배하는 사이비종교 본거지 같은 걸 상상하다가 진부한 것 같아서 관뒀다. 이윽고 월곡역 홈플러스 삼거리에 이르렀고, 나는 완전히 지쳐버렸다. 절교한 친구를 만나러 가는 길을 문학적으로 형상화하고 있다는 느낌마저 들었다.

종암경찰서 부근을 한 시간 정도 돌아다녔지만 jj는 만나지 못했다. 그나마 위안이 됐던 건 동네가 기억 그대로라는 건데 내가 왜 이 동네가 변하지 않은 것에 위안을 받는지는 의문이었다. 카페에서 밀크티를 마시며 몸을 녹였다. 여기까지 온 김에 jj의 집을 방문할까 생각도 했지만 도무지 용기가 나지 않았다. 나에 대한 jj의 감정이 어떤가 떠보기 위해 jj를 알고 있는 지인에게 문자를 보냈는데, 본인도 최근 jj와 트러블이 있어서 연락이 끊겼다는 대답이 돌아왔다. 그러면서 작년 송년회에서 마지

막으로 jj를 봤을 때 술에 취해 내 험담을 늘어놓았다고 덧붙였다. 혹시 라이프북스에 진열돼 있는 『가정법』에 욕을 써놓은 작자가 jj일지도 모른다는 생각이 들었고, 차라리 예상 밖의 인물보다 jj였으면 좋겠다는 생각도 들었다. 아닌가. 예상 밖의 인물이 더 재미있으려나.

어느덧 해가 지고 있었다. 저녁을 해결하려고 배회하다가 jj 집 근처 분식점에서 팔던 손칼국수가 맛있었던 기억이 났다. 찾아갔는데 분식점은 사라지고 옷 가게가 들어서 있었다. 옷 가게에 문의했더니 분식점 사장이 돌연사해서 폐업했다는 이야기가 돌아왔다. 우울해져서 거리를 떠돌았는데, 머지않아 우울함이 가시고 허기가 요동쳤다. 느닷없이 유자떡볶이가 먹고 싶어져서 안암동으로 갈까 하다가 되돌아갈 길이 멀어질 걸 생각하니 식욕이 수그러들어 발걸음을 돌렸다.

월릉교를 건넌 뒤 어플로 미리 주문한 파파존스 피자를 받아서 귀가했다. 피자를 먹으면서 베를린에 머무는 이상우에게 영상통화를 걸어서 어떤 연기가 좋은 연기냐고 물었다. 이상우는 좋은 연기가 뭔지는 모르겠지만 현대 중국 영화는 영화가 아니라 게임 같다면서 특색 있는 연기의 좋은 예가 될 거라고 했다. 이상우와 통화를 하고 나니 연기가 뭔지 더 헷갈렸다. 연기에 대해 생각하다가 대학에 다닐 때 연극영화과 학생들이 소리를 지르면서 복도를 오가던 게 떠올랐다. 당시에는 저 친구들이 왜 저러는 걸까 의문스러웠는데 이제 그 이유를 어렴풋이 짐작할 수 있을 것 같았다. 나는 소리를 지르는 게 아니다. 나를 표현하는 것이다. 내면을 부수는 거다. 아무것도 모른 채.

대본 연습을 한 뒤 그 여파로 잠을 이룰 수가 없었다. 머리가 어지러웠고 온몸이 떨렸다. 자기 전에 영화를 보거나 글을 쓸 때 나타나는 증상과 유사했다. 중랑천변을 떠돌며 밤 산책을 했다. 베트남 커피처럼 단 음료가 먹고 싶다는 생각이 들었고 스타벅스 위치를 검색하다가 공릉동에 드라이브스루 매장이 생겼다고 해서 거기로 갔다. 돌체

라테를 주문하고 대기를 하는 도중 대학교 동아리 후배한테 연락이 왔다. 커피를 테이크아웃해서 거리를 걸으며 후배와 통화를 했다. 3년 동안 삼수를 탔던 후배였는데, 그동안 노량진에서 감평사 준비를 했고, 지금은 합격해 남양주에서 근무하고 있다고 했다. 근황을 주고받다가 통화가 길어질 기색이 보이자 나는 만나는 게 어떻냐고 제안했고 후배도 동조했다. 지금 괜찮냐고 했더니 후배는 마침 창동 본가에 있다며 공릉동으로 넘어오겠다고 했고, 잠시 후 다시 연락이 와서는 급하게 처리해야 할 일이 생겼다며 여유 있을 때 보자고 약속을 미뤘다. 전화를 끊고 난 뒤에야 정신없이 통화를 하다가 나도 모르게 서울과학기술대학교 근처까지 왔다는 사실을 깨달았다. 서울과학기술대학교 출신 회사 동료에게 추천받은 수제 햄버거를 사서 귀가했다. 햄버거를 먹은 뒤 앵무새가 꾸벅 꾸벅 조는 걸 보다가 시나리오를 해석하는 데 도움이 될 것 같아서 『앵무새 죽이기』를 주문했다.

응봉동 - 금호동 - 하왕십리동 - 행당동 - 신당동

일제강점기를 배경으로 한 호러물을 조사하다가 우연히 친일파 특집 기사를 열람했고 오현주에 대해 알게 됐다. 오현주는 대한민국 애국부인회 회장을 역임한 인물로, 독립투사 김마리아를 밀고했지만 반민족행위특별조사위원회에서 풀려나 98세까지 천수를 누렸다. 오현주라는 인물이 독립투사에서 친일파로 변모하까지 일대기를 드라마적으로 풀면 매력적일 것 같다는 생각이 들었다. 공포는 조금 애매하지만, 때에 따라 스릴러로 변주할 수 있을 것 같았다. 오랜만에 괜찮은 기획안이 나올 것 같은 느낌이 들었다. 그런데 왜 한국에는 〈나르코스〉 시리즈처럼 실존했던 악인을 다룬 작품이 나오지 않을까? 명예훼손이 두려워서? 친일파를 주인공 삼는 건 시기상조인가?

고민을 거듭하다가 공포물도 아니고 무엇보다 회사에 빼앗기기 아까워서 다른 기획안을 급하게 썼다. 마음에 들지 않았지만 다른 걸 쓸 여력이 없어서 욕먹을 걸 각오하고 보내버렸다.

로그라인 : 예비군 훈련을 받던 고등학교 동창들이 아파트 지하벙커로 대피했다가 미스터리한 존재를 목격하는 이야기.

〈기묘한 이야기〉의 한국 아저씨 버전. 미스터리한 존재는 유령일 수도 있고, 외계인일 수도 있으며, 역사적 비극이 낳은 결과물일 수도 있다. 의외로 팀장이 마음에 들어 했다. 앞으로 되도록 내가 재미없다고 느끼는 이야기를 써야 컨펌이 수월하지 않을까, 하는 생각이 들었고, 직장생활에 얽힌 미스터리를 푼 것 같은 기분이 들었다.

식욕이 돌았다. 집으로 와서 왕돈가스를 시켜 먹었는데, 소스가 수제가 아닌 것 같아서 기분이 상했다. 거실을 거닐며 소화를 시키니까 기분이 나아졌다. 앵무새 모이도 잔뜩 주곤 대사 연습을 시켰다.

기분이 좋아졌네?

앵무새가 대사는 따라 하지 않고 물었다.

대사 연습을 하다가 레퍼런스를 찾아봐야겠다는 생각이 들었다. 작가들에게는 그렇게 레퍼런스를 참고하라고 조언하면서 왜 이제야 레퍼런스를 떠올렸는지 모를 일이다. 어떤 캐릭터를 참고해야 할까. 과묵하고 비장하고 서늘하지만 마음 한켠은 따뜻한 인물. 절대 수습하지 못할 것 같았던 사건을 해결하곤 뒤도 돌아보지 않는 쿨한 해결사 유형. 내면에 꿈틀대는 한 줄기 회한. 클린트 이스트우드. 존 윅. 배트맨. 본. 로건. 머릿속에 무게 잡는 남자 캐릭터들이 스쳐 지나갔는데, 끌리는 캐릭터가 없어서 결국 아무것도 택하지 못했다.

에이전트에게 내일이 촬영이라는 메시지가 왔다. 이제 로케이션을 정해야 할 시점이 됐다는 것을 자각했다. 첫 통장을 개설하는 데 적합한 은행은 어디일까. 로케이션이 단순히 위치와 공간만을 의미하지는 않는다. 일차원적인 공간이 아니라 다면적인 상징이 돼야 한다. 탄생이라는 주제에 직관적으로 연결되는 게 중요하다. 머리를 굴리던 중 이렇게 감을 잡지 못하는 건 공간의 문제도 있지만 앵무새에게 이름을 붙여주지 않았기 때문일 거야, 라고 의식의 흐름이 예상치 못한 곳으로 전개되며, 폴이 좋을까? 그루지아넥이 좋을까? 고민하다가 장소와 앵무새 이름 따위는 전혀 상관이 없다는 생각에 이르렀을 무렵 〈펫 시티〉의 주인공, 도요새 부리를 이식한 하류층 인간의 이름이 잭이었다는 것을 떠올리곤 앵무새를 잭이라고 부르기로 결정했다. 참고로, 잭은 영문 이름 Jack이 아니라 참새 울음 짹짹에서 착안한 것이다.

잭에게 네 이름은 이제 잭이야, 잭이라고 부를게, 라고 중얼거리다가 잭이 외면하자 흥미가 떨어져서 소파에 널브러졌고 다시 은행 로케이션에 대해 고민하기 시작했다. 엄마한테 전화해서 내 첫 통장을 어디에서 만들어주었는지 물었다. 엄마는 동화은행이라고 했다. 동화은행은 처음 들어본다고 하자, 엄마는 IMF 때 사라진 은행이라며, 아빠가 친척들의 돈을 긁어모아 동화은행 주식에 투자했다가 은마아파트를 날려먹었다고 한풀이를 하길래 미팅이 잡혔다고 둘러대고 서둘러 전화를 끊었다.

지인들에게 메시지를 보내서 첫 통장을 어디에서 만들었는지 물었다. 대부분 기억이 안 난다고 했다. 망각? 망각을 어떻게 이용해야 하나? 망각과 탄생의 의미망을 머릿속에서 생성하고 있을 때 bg가 자신의 통장을 어디에서 만들었는지는 기억나지 않는데, 부모로서 쌍둥이의 첫 통장을 최근 개설해줬다고 했다. 나는 어느 은행에서 만들었냐고 물었다. 회사 앞에 있는 자양동 우리은행이라고 bg가 답했다. 이거다, 라는 생각이 머리를 스쳤다. 우둔하고 낡아빠진 상징을 찾아 헤매느니 레이어는 얇더라도 명쾌하고 현실적인 게 낫다는 결론을 내린 것이다. 나는 에이전트에게 로케이션을 통보했다. 에이전트는 내일 정오에 자양동 우리은행 앞에서 보자고 답했다.

집주인에게 전세 계약 연장 여부를 묻는 문자가 왔다. 만기에 맞춰 이사를 가겠다고 회신을 했다. 마음이 급해졌다. 부동산 어플로 집을 알아봤다. 며칠 전 산책할 때 봤던 경희대 인근도 따져봤는데, 출근이 재개되면 대중교통으로 학동까지 오가야 하는 내게 회기역은 여러모로 불편한 위치라는 판단이 들어 포기했다. 다음으로 알아본 지역은 학동까지 버스 노선이 있고 성수나 뚝섬에 비해 보증금이 저렴한 응봉동이었다. 저녁 여섯 시 응봉동 광희중학교 앞에서 공인중개사와 만나기로 약속을 잡았다. 크림스파게티를 만들어 먹고 일을 좀 더 하다가 네 시쯤 집을 나섰다. 지하철을 타고 뚝섬역에 내려서 서울숲까지 걸어갔다. 서울숲에서 응봉교를 건너 응봉동에 들어섰다. 첫인상은 부정적이었다. 오르막길 투성이라 걸어 다닐 자신

이 없었고, 막상 와보니까 강남까지 거리는 가까
운데 지하철 노선이 없어서 버스를 타고 다녀야
하는 게 손해 보는 것처럼 느껴졌다. 집도 두어 군
데 둘러봤는데 음습하기 그지없었다. 공인중개사
는 응봉동 말고도 금호동, 행당동, 하왕십리동, 신
당동으로 나를 끌고 다니며 달동네 시절에는 분위
기가 썩 좋지 않았지만 지금은 물갈이가 돼서 민
도가 좋아졌다고 반복해서 이야기했다. 나는 언제
부터 여기 살았냐고 물었고 공인중개사는 평생 금
호동에 살았다고 했다. 물갈이가 아직 덜 됐네요,
라고 말하려다 비아냥거리는 거 같아 집값이 많이
올라서 좋으시겠어요?라고 띄워주니 공인중개사
는 만족하는 듯했다.

신당동에 위치한 아파트가 마음에 들었다. 언덕
꼭대기에 있어서 오가는 데 힘이 들겠지만 2호선
이 지척이었다. 수리가 돼 있어서 쾌적했고 가격
대도 맞았다. 생각할 시간을 달라고 하니까 공인
중개사는 계약을 재촉했고 다시 알아볼 생각을 하
니까 답답해져서 승낙했다. 엄마한테 돈을 빌려서

계약금을 확보한 뒤 등기를 확인하니 담보대출이 7억이나 있었다. 이게 뭐냐고 묻자 공인중개사는 집주인 역시 토박이라 믿어도 된다고 했는데 그 말이 더 찝찝해서 계약을 포기했다.

집에 와서 시리얼을 먹고 스트레칭을 한 뒤 침대에 누웠다. 부동산 어플로 답십리동과 사근동 전세를 검색하다가 신당동 아파트 등기를 확인하지 않고 계약했으면 어쩔 뻔했나 아찔한 기분에 휩싸였다. 어떤 공포물보다 더 공포스럽다는 생각이 들었다. 중곡동에서 전세 사기를 당한 뒤 「팽사부와 거북이 진진」이라는 단편소설을 쓴 적이 있었는데, 그때는 블랙코미디로 풀었지만, 이번에도 사기를 당하면 어떤 장르로 표현될지 궁금하기는 했다. 복수극? 심리스릴러? 크리처? 오컬트? 두 번 당하면 내 탓이니까 슬랩스틱 코미디?

자양동 – 광장동 – 아천동

　촬영이라 연차를 내려고 했는데 팀장이 허가를 해주지 않아서 하루치 업무를 미리 해놓느라 밤을 새웠다. 퇴근 시간에 맞춰서 예약 메일을 걸어놓은 뒤, 견과류 에너지바로 끼니를 때우고 대본을 정독했다. 여덟 시쯤 잭이 든 새장을 들고 밖으로 나왔다. 간혹 행인들이 잭을 신기하다는 듯 바라봤지만 신경 쓰지 않았다. 날씨가 우중충했고, 미신을 믿는 나로서는 무언가 꿈꿈했다. 잭도 풀이 죽었는지 횃대 위에 얌전히 앉아 있었다.

　상봉과 면목동을 거쳐 중곡동에 들어섰다. 허

기가 졌다. 중곡제일시장에 들러 떡볶이를 먹을까 하다가 얼굴이 부을까봐 참았다. 용마사거리를 건너서 정광연립주택을 지났다. 지은 지 족히 50년은 된 듯한 연립주택이었는데, 으스스하니 공포영화 무대로 적합할 것 같아서 사진을 찍었다. 그때 깡마르고 성별이 모호해 보이는 중년이 나타나더니 새된 음성으로 사진을 당장 지우라고 했다. 본능적으로 핸드폰을 주머니에 숨겼더니 그가 노기를 띠며 다가왔다. 그 순간 마른하늘에서 천둥이 나지막하게 울려 퍼졌다.

달아나! 달아나!

잭이 날개를 푸드덕거리며 중얼거리기 시작했다. 나는 뒷걸음질을 치다가 뛰기 시작했고 군자역에 이르러서야 뒤를 돌아봤다. 아무도 쫓아오지 않았고, 어느새 하늘과 잭도 잠잠해져 있었다.

군자역을 거쳐 능동, 어린이대공원까지 걸었고, 곧 화양리에 접어들었다. 항상 이상하게 여겼던 것. 화양리는 행정구역상 화양동인데 왜 화양동이 아니라 화양리라고 부를까. 심지어 버스에도 화양리라고 적혀 있었다. 그러고 보니 망우리, 수유리, 미아리도 그렇네. 처음에는 엄청난 비밀을 발견한 것처럼 설레었는데, 시간이 조금 흐르니까 사실 아무것도 아닌 것 같았고, 마치 내 인생을 상징하는 것 같기도 해서 기분이 다운됐다. 화양동 주민센터 옆에는 공원이 있었고, 공원 안에 700년 묵은 느티나무가 있다는 표지판이 보였다. 뭔가 빌고 가려다가 빌 거리가 떠오르지도 않았고 밤새운 여파가 몰려와서 지나쳤다.

열 시쯤 건대입구역 롯데백화점에 도착했다. 촬영까지 한 시간 정도 남아 있었다. 광진구의회 부근 스타벅스에서 카페 라테에 샷을 추가해 마시고 잠을 깼다. 다행히 스타벅스는 텅 비어 있었고 직원들도 잭에게 호의적인 반응을 보이며 터치하지 않았다. 촬영 시간이 다가오자 긴장감이 부풀어 올랐고, 문득 〈위대한 레보스키〉에서 마틴 프리먼의 연기에 감탄했던 게 떠올라 넷플릭스에서 찾아봤는데 〈위대한 레보스키〉에는 마틴 프리먼이 나오지 않았다. 그럼 마틴 프리먼이 나왔던 영화는 뭐지, 떠오를 듯 말 듯해서 계속 생각하다가 〈위대한 레보스키〉가 아니라 드라마 〈파고〉라는 생각이 났고 찾아봤지만 넷플릭스에는 〈파고〉가 없었다. 어떤 작품을 볼지 고르다가 크리스토퍼 놀런이 날 캐스팅한 건 한국, 그러니까 사우스코리아라는 로컬적인 특성이 연기에 자연스럽게 녹아들길 원한 걸지도 모른다는 생각이 들어서 미드 대신 〈스토브리그〉를 보면서 남궁민의 연기를 분석했다.

정오가 됐다. 우리은행 자양동 지점 앞에 갔더니 에이전트가 서성이고 있었다. 가까이 다가가니까 에이전트가 손을 흔들었다. 에이전트는 준비는 잘했냐고 물었고, 나는 시나리오를 제대로 해석했는지 모르겠다고 우는소리를 했다.

빈부격차. 자본의 유통. 피처럼. 혈관인가.

도움이 될지 모르겠는데 어젯밤 크리스토퍼 놀런이 이런 메시지를 보냈다고 에이전트가 전했다.

계좌를 개설하려고 할 때 은행원이 이런 조언을 해준다고 상상하면 어떨까? 당신은 이 통장을 개설하는 순간 끔찍한 세계에 발을 딛게 되는 거예요. 은행원이 가면을 썼다고 생각하는 것도 괜찮을 것 같아. 가면을 벗으면 앵무새 대가리가 나오는 거지.

연기자에게 힌트를 달라고 하니까 이런 메시지도 보냈다고. 솔직히 말하면 무슨 이야기인지 이해할 수 없었다. 에이전트에게 묻고 따진다고 해답이 나올 거라는 확신이 없어서 되묻지 않고 고개를 주억거리며 이해하는 척 넘어갔다. 그러나 이해하는 척조차 불가능한 건 촬영 장비가 하나도 보이지 않는다는 점이다.

카메라는 어디 있는 거죠?

내가 물었다.

에브리웨어.

에이전트가 답했다. 나는 의구심이 들어서 어떤 카메라를 사용할 것이며 누가 촬영을 담당할 거냐고 캐물었다.

크리스토퍼 놀런의 촬영 콘셉트는 현대 감시 사회를 풍자하는 것입니다. 도심 곳곳에 감춰져 있는 CCTV의 앵글로 표현하는 거죠. 눈에 띄지 않는 곳에 카메라를 설치했어요.

에이전트가 답했다. 논리적인 허점이 없어서 말문이 막혔다.

그럼 크리스토퍼 놀런은 어디 있죠?

내가 물었다.

에브리웨어.

에이전트가 씩 웃으며 대답했다.

은행에 들어가려고 하니까 에이전트가 불러 세웠다. 고개를 돌리니까, 에이전트가 진작 전해준다는 게 깜빡했다며 품에서 리볼버 권총을 꺼내 건넸다. 나는 얼떨결에 총을 받아 들었다. 은행원에게 겨눌 소품이었다. 별다른 말이 없길래 행위예술처럼 손으로 총 모양을 만들어 겨누나 생각했다고 하니, 에이전트는 에이, 설마요, 저희 프로잖아요, 라고 너스레를 떤 뒤 〈인셉션〉에서 리어나도 디캐프리오가 사용했던 권총이라고 했다. 자세히 들여다보니 'LEO'라는 사인이 총신에 새겨져 있었다. 에이전트는 진짜처럼 보여도 진짜 총이 아니니 긴장을 풀라며 새장에서 잭을 꺼내 내 어깨에 얹어주면서 대사 연습은 시켰냐고 물었다.
나는 노력은 했는데 쉽지 않던데요, 하며 고개를
가로저었다.

계좌 개설!

그때 잭이 외쳤다. 에이, 잘했는데, 뭘. 에이전트
가 내 어깨를 두드렸다.

은행에 진입하는 오한기.
오한기의 어깨에는 앵무새가 앉아 있다.

cut to)
창구에 앉는 오한기, 은행원에게 말한다.

오한기 : 앵무새의 계좌를 개설해달라.

여기까지 시나리오를 충실히 따랐다. 그러나 그
뒤부터 현실은 시나리오와 달라졌다. 은행원이 내
어깨에 앉아 있는 앵무새를 보고 놀라서 말을 잇
지 못한 것이다.

앵무새의 계좌를 개설해달라.

예상했던 바라서 당황하지 않고 다시 한 번 대사를 쳤다.

계좌 개설!

잭이 외쳤다. 은행원은 거의 울 것 같았다.

계좌를 개설하러 왔다니까요!

내가 외쳤다.

계좌 개설!

잭이 외쳤다. 그때 청원경찰이 다가와서 여기에서 이러시면 안 됩니다, 일어서주십시오, 따위의 말을 했다.

안녕. 반가워. 쪼다.

잭이 청원경찰에게 지저귀었다. 드디어 때가 됐다.

당신은 가짜야, 진짜는 나고.

나는 품에서 리어나도 디캐프리오의 총을 꺼내 겨누며 대사를 읊었다. 청원경찰도 허둥대며 가스총을 겨눴다. 아쉬웠다. 앉은 채로 어정쩡하게 겨눌 게 아니라 꼿꼿하게 서서 했어야 했는데. 게다가 대사 톤과 감정선이 성에 차지 않았다.

컷! 다시!

내가 외쳤다. 청원경찰은 겁에 질린 표정으로 무언가 헷갈린다는 듯 고개를 갸웃했다. 나는 총을 겨눈 채 자리에서 일어나 청원경찰을 마주 봤다.

당신은 가짜야, 진짜는 나고.

나는 톤을 올렸다. 분노한 듯이. 세상만사에.

상황은 비현실적이었지만, 결과는 현실적이었다. 청원경찰과 대치하던 중 비상벨이 울렸으며 진짜 경찰이 진짜 총을 들고 출동한 것이다. 경찰은 내게 총을 겨누며 고함을 쳤다. 나는 비명을 지르며 엎드렸다. 경찰이 내게 수갑을 채웠다.

체포! 체포!

잭은 천장에 머리에 부딪히며 소리를 지르다가 문이 열린 틈을 타서 밖으로 날아갔다. 이 정도면 12만 원 어치는 충분히 했다는 생각이 들었고, 혹시라도 전과가 생기면 어떻게 하나, 법률문제는 어떻게 되는 건가, 전담 변호사가 있는 건가, 자문료는? 같은 걱정들이 머릿속에 스쳐 지나갔다.

나는 구의동 광진경찰서로 이송됐다. 취조도 받았다. 촬영이라는 걸 숨길 하등의 이유가 없었다. 나는 자백했다. 이 모든 게 크리스토퍼 놀런의 영화이며, 나는 배우일 뿐이라고. 알고 보니 사전 협의도 없이 촬영을 강행한 것이어서 어이가 없었다. 크리스토퍼 놀런을 이 자리에 불러 면박을 주고 싶었지만 종일 굶은 데다가 피곤해서 기운이 나질 않았다. 얼른 집에 가서 배를 채운 뒤 침대에 누워 쉬고 싶을 따름이었다. 오래지 않아 에이전트가 경찰서에 와서 사정을 설명했다. 나는 풀려났다. 경찰은 합의 여부에 따라 조만간 다시 출석해야 할지도 모른다고 주의를 주었다. 에이전트가 진술을 마칠 때까지 기다려달라고 했지만 나는 자리를 떴다. 경찰서를 벗어나서 구의역에 다다랐을 때 품속에 리어나도 디캐프리오 총이 들어 있다는 게 떠올랐다. 경찰서에 도로 가서 반납할까 고민하다가 구의역 캐비닛에 넣어두고 에이전트에게 가져가라는 메시지를 남겼다. 그 뒤 에이전트에게 전화가 왔지만 받지 않고 핸드폰을 아예 꺼버렸다.

범죄자 취급을 받으며 수갑을 차고 취조를 받았던 기억이 떠올라 심란했다. 하염없이 걸었다. 정신을 차려보니 광장동이었다. 광장동 특유의 대단지 아파트와 모범생처럼 보이는 중고등학생들이 보이자 마음이 놓였고, 아파트에서 유년기를 보낸 나에게 생각보다 아파트라는 건축물이 지대한 영향을 끼치고 있구나 생각했다. 그제야 고생에 대한 보상으로 맛있는 음식을 먹어야겠다는 생각이 들었다. 식당을 찾아 두리번거렸는데 프랜차이즈 식당밖에 없어서 워커힐호텔 방향으로 발걸음을 돌렸다. 워커힐호텔 피자가 유명하다는 이야기를 들은 적이 있어서였다. 인터넷을 검색하니까 옛날 피자 맛에 당황스러웠다는 후기가 있어서 고민이 됐다. 광나루역 광장사거리를 건너서 다른 메뉴를 찾다가 출소하면 두부를 먹는 관습이 떠올랐다. 마침 두부전골 전문이라고 써 붙인 노포가 눈에 띄어서 들어갔다. 두부전골을 주문했는데 재료가 소진됐다고 해서 편백나무 소고기찜을 먹었다.

지쳐서 택시를 탔다. 먹골역으로 가자고 했더

니 기사가 면목동까지 뚫린 용마터널을 타면 동부간선도로로 가는 것보다 빠를 거라며 동의를 구했다. 나는 어디로 가든 목적지만 맞으년 상관없다고 했다. 택시는 용마터널에 진입하기 위해 강변북로로 들어섰고 서울을 빠져나와 구리 아천동에 접어들었다. 창밖으로 보이는, 개발되지 않은 녹지를 멀거니 보고 있을 때, 기사는 아천동이 박완서 작가의 생전 마지막 거처라는 사실을 아냐고 물었다. 나는 박완서의 추모 앤솔러지에 소설을 실은 적이 있었고, 그런 내가 아천동을 지나는 게 꽤 특이한 감각으로 와 닿았지만, 기사의 말이 길어질까봐 반응하지 않았다. 기사는 아랑곳하지 않고 아천동에는 상암동 석유비축기지처럼 박정희 때인가 전두환 때인가 만든 석유비축기지가 있다 면서, 출입 금지 구역인 그곳 안에는 대감나무로 불리는 천 년 묵은 수호목이 있는데, 타지로 쫓겨난 원주민들의 전통 행사 시즌에나 금지 구역에 들어가서 대감나무를 볼 수 있다고 했다.

고장춘 별장

일요일이었다. 주말 내내 자다 깨다를 반복했다. 스트레스를 받아서 그런지 식욕도 없었다. 틈날 때마다 검색해봤지만, 크리스토퍼 놀란이 연루된 자양동 은행 강도 뉴스 같은 건 업데이트되지 않았다. 에이전시 선에서 틀어막은 모양이었다. 에이전트에게 연락이 오기 전에 이 일을 계속할지 말지 고민해볼 필요가 있다고 생각했고, 계약서를 검토했는데 중도해지를 하더라도 불이익은 없는 것 같아서 일단은 마음이 놓였다.

날이 어둑해졌다. 저녁도 해결할 겸 밖으로 나왔

다. 태릉갈비를 먹고 싶었는데, 비싸기도 하고 2인 분이 기본인데 혼자라 포기했다. 결정적으로 식당 옆에 파출소가 있어서 찜찜했다. 버거킹에서 와퍼 세트를 먹었다. 맛이 실망스럽게 변한 것 같은데 또 특유의 불맛은 그대로라 설명할 길이 없었다.

집으로 돌아가는 길에 주민센터 앞을 지나는데 『먹골 이야기』라는 책자를 나눠주고 있었다. 묵동 애양회에서 편찬한 책이었다. 걸으면서 훑어봤다. 별지로 50년대 먹골 지도가 실려 있었는데, 고장 춘 별장이라는 장소도 표기돼 있었다. 어느 정도 권력자길래 별장이 지도에 적혀 있을까. 호기심이 동했다. 묵동리사무소 터에서 동쪽에 위치해 있었 고, 숙선옹주 묘와 지척이었다. 보물찾기라도 하 는 듯했고, 기분 전환도 할 겸 숙선옹주 묘가 있는 태릉중학교까지 올라가서 이편한세상화랑대 방 향으로 우회했다. 신내역 쪽으로 걷다 보니 해가 완전히 저물었고, 핸드폰 배터리도 방전돼 지도를 볼 수 없었다. 어느 순간 나도 모르게 숲으로 접어 들었다. 봉화산 줄기인 것 같았는데 깜깜해서 짐작도 할 수 없었다. 돌무덤이 모여 있는 걸 보니 등산로라는 생각이 들었고, 장난삼아 돌을 하나 올렸는데 돌무덤이 무너져 내렸다. 바로 그때 옆에 있던 열댓 개의 돌무덤이 차례로 무너지기 시작했다. 어둠 속 어디선가 고함이 들렸다. 덜컥 겁이 났다. 나는 정신없이 달렸다. 정신을 차리고 주위를 둘러보니 등산로에서 벗어나 있었다. 발걸음이 닿는 대로 걸었다. 한참 헤매던 중 고즈넉한 분위기의 2층 저택이 하나 보였다. 길을 물을 요량으로 문을 두드렸다. 수염을 덥수룩하게 기른 남자가 나왔다. 나는 시내로 나가는 길을 물었다. 남자는 어떻게 여기까지 왔냐고 했다. 나는 고장춘이라는 사람의 별장을 찾다가 길을 잃었다고 했다. 남자는 인연이군요, 라면서 고장춘 별장이 바로 이 집이라고 했다. 고장춘은 1960년대 육군사관학교 교장까지 역임한 육군 중장으로, 군수품 관련 비리로 보직이 해임되고 불명예스럽게 여생을 보내다 죽었는데, 그 귀신이 자신에게 들려서 여기까지 흘러들어 왔다고 남자는 참던 사연을 털어놓듯 쉴 새 없이 입을 놀렸다. 그제야 저택 곳곳에 장군보살 따위의 문구가 새겨져 있는 게 보였다. 온 김에 신점이나 보자 해서 이야기를 들어보니 하나도 맞지 않았다. 심지어 내가 작가라는 것도 맞추지 못했다.

성호 이익 선생 묘

아침에 일어나보니까 에이전트에게 부재중 전화가 와 있었다. 리턴 콜을 걸지 않고 샤워를 하고 나왔더니 메시지가 와 있었다. 합의 진행 중이나, 여차하면 경찰서에 출석해야 할 수도 있다. 일주일 정도 상황을 수습한 뒤 촬영을 재개하자. 이런 내용들이 담겨 있었다. 촬영이 중단된 일주일 동안 일당의 80퍼센트가 지불된다는 문장도 눈에 들어왔는데, 막상 이렇게 되니까 떨떠름했다.

오랜만에 기온이 영하로 떨어졌다. 일기예보를 보니까 낮부터 눈이 내린다고 했다. 집주인에게 동파가 우려되니 보일러를 켜놓고 외출하라는 연락이 왔다. 속이 허했다. 누룽지를 끓여서 오징어 젓갈을 곁들여 먹었다. 소파에 앉아서 소화를 시키고 있을 때 『앵무새 죽이기』가 배송됐다. 훑어봤는데 아직 뭔가 걸리는 지점이 없었다.

보일러를 켜고 물을 졸졸 틀어놓은 뒤 밖으로 나섰다. 잠복하고 있던 형사가 튀어나올 것 같은 느낌에 휩싸여서 몸을 숙인 채 주위를 둘러봤는데 아무도 없었다. 쫓기는 기분 탓에 종종걸음으로 카페까지 갔다. 젊은 경찰 둘이 커피를 주문하고 있었다. 나는 바로 뒤로 돌아 나와서 다른 카페로 갔다.

제목 : 재택근무

장르 : 공포, 범죄

로그라인 : 재택근무를 하다가 과로사한 혼령과 그 집에 세 든 소설가가 힘을 모아 혼령의 복수를 하는 이야기.

시놉시스 : 전세가가 저렴한 집을 구한 소설가.

가격과 달리 의외로 넓고 깨끗한 집에 만족한다. 그러던 어느 날, 쓰고 있던 소설이 자꾸만 지워지고 그 자리에 다른 문장들이 적혀 있다. 알고 보니 전 세입자의 혼령이 소설가에게 메시지를 전한 것. 워드를 통해 이야기를 주고받던 중 소설가는 재택근무를 하던 전 세입자가 직장 상사의 과도한 업무 지시로 인해 과로사했다는 사실을 알게 된다. 소설가는 혼령과 함께 복수를 계획하는데……

오전 내내 기획안을 썼다. 일한 티를 내야 할 것 같았고, 억지로 타이핑을 해서 분량을 채웠다. 팀장에게 예약 메일을 걸어놓고 보니까 한 시가 넘어 있었다. 멍하니 앉아 있는데 전화가 왔다. 모르는 번호였고 경찰서인 것 같아서 받지 않았다. 머릿속에 에이전트가 내게 누명을 씌우는 장면, 카페 알바의 신고를 받은 형사들이 출동하는 장면이 연달아 그려졌다. 달아나고 싶었다. 최대한 먼 곳으로. 그때 dz가 떠올랐다. dz에게 오늘 집들이 초대를 하라고 문자를 보냈다. dz는 처음에는 안 된다고 하더니 얼마 지나지 않아 오늘이 아니면 평생 못 볼 거 같다며 반차를 내겠다고 했다.

안산까지는 지하철로 한 시간 반쯤 걸렸다. 『앵무새 죽이기』를 보다 보니 도착해 있었다. 한대앞역에서 dz에게 연락을 하니 교사 미지급 급여 산출이 늦어지고 있다며 한 시간만 기다려달라는 회신이 왔다. 반월동 근처를 어슬렁거리다가 반미로 늦은 점심을 먹었다. 얼추 약속 시간이 돼 dz의 직장인 소구초등학교로 향했다. 도착해서 dz에게 학교 앞이라는 문자를 남긴 뒤 멀찍이서 아이들이 야구하는 광경을 봤다. dz에게 좀 더 늦어질 것 같다는 답이 와서 어디 구경할 데 없냐고 물었다. dz는 신기한 일이 있었다며, 공무원 시험 준비를 할 때 국사를 공부하다가 접한 성호 이익의 사상을 내심 흠모하고 있었는데, 첫 배정을 받은 소구초등학교 뒤편에 성호 이익의 묘가 있었다고 신난 듯 떠들어댔다. 나 역시 신기하게 여겨졌고 놀라운 일이라고 회신하자, dz는 정신없이 바빠서 발령받은 지 3개월이 지났지만 이익의 묘는 가보지도 못했다는 게 포인트라고 덧붙였다. dz가 또

죽는소리를 하길래 분위기를 전환하기 위해 혹시 전생에 이익 아니었냐는 농담을 던졌다. dz는 여기는 내 무덤이 맞다며, 과로사하면 소구초등학교 뒤편에 묻어달라고 받아쳤다.

성호 이익 선생 묘로 향했다. 정확히 말하면 이익의 묘는 소구초등학교 뒤에 위치한 게 아니라, 성호공원 내부 안산식물원 맞은편에 위치해 있었다. 특별할 것 없는 사당, 묘비를 훑어보다가 이익의 일대기와 사상이 적힌 표지판을 읽고 있는데, 팀장에게 전화가 왔다. 소음이 들렸는지 팀장은 어디냐고 물었다. 잠깐 나왔다고 하니까 근무시간에 왜 허락 없이 외출했냐는 타박이 돌아왔다. 조선 후기가 배경인 작품을 기획할까 싶어 이익의 묘에 왔다며 떠오르는 대로 둘러댔더니 팀장은 금세 수긍하면서 방금 임원 회의를 했는데 직원 절반이 해고됐다는 소식을 전했다. 어떤 반응을 보여야 할지 가늠이 되지 않았다. 팀장은 자진 퇴사가 아니라 그래도 실업급여를 받으면 되니 얼마나 다행이냐고 말을 이었는데, 왜 팀장이 대표처

럼 구는지 궁금했지만, 그의 인생 전반에 대해 파
악해야 한다고 생각하니까 궁금증이 사그라들었
다. 나도 해고된 거냐고 묻자, 팀장은 실실 쪼개며
우리 팀은 살아남았다고 했다. 대신 월급의 15퍼
센트가 추가로 삭감된다는 조건이 따라붙었다고
했다. 나는 그럼 회사에 적을 두는 거나 실업급여
를 받는 거나 무슨 차이가 있냐고 물으려다가 말
았다. 그 뒤 팀장은 재택근무가 3개월 더 연장됐고
공포영화 기획이 예산 문제로 미뤄졌다며 조만간
만나서 자세한 이야기를 나누자고 했다. 공포영화
프로젝트는 이렇게 막을 내렸다.

이익의 묘에서 소구초등학교 방면으로 내려오
는 길, 은행나무 가지 틈으로 맑은 하늘이 보였고
새 몇 마리가 날아다녔다. 눈으로 새를 쫓고 있는
데, 은행나무 위에 적갈색과 파란색이 뒤섞인 앵무
새 한 마리가 앉아 있는 게 보였다. 잭인 것 같기도
했고 아닌 것 같기도 했다. 휘파람을 불었다. 앵무
새는 나를 외면하듯 고개를 돌렸다. 나는 다시 휘
파람을 불었다. 앵무새는 그제야 나를 내려다봤다.

책 맞지? 왜 거기 있어?

내가 외쳤다.

안녕. 반가워. 쪼다.

앵무새가 화답했다. 나는 돌을 던졌다. 앵무새
가 푸드덕 날아갔다.

소구초등학교를 맴돌며 시간을 죽이고 있는데
dz에게 전화가 왔다. 여가 시간에 글을 쓰기 위해
공무원이 됐는데, 신입에게 일을 몰아주는 교행
공무원 특유의 업무 구조로 인해 매일 야근에 시
달리고 있다며, 친구가 왔고 심지어 반차까지 썼
는데 오늘도 야근해야 할 것 같다고 흐느꼈다. 나
는 왠지 미안해져서 갑자기 약속을 잡은 내 잘못
이라고, 만난 걸로 치고 돌아가겠다고 했다. dz는
이대로는 못 보낸다며 집 주소와 비밀번호를 가르
쳐주고 들어가 있으라 했다. 몇 차례 거절했지만
dz가 막무가내라서 승낙하고 말았다.

땅거미가 지고 있었다. dz가 좋아하는 와인을
사서 dz의 집으로 들어갔다. 뭘 할까 하다가 『앵무

새 죽이기』를 마저 읽었는데, 읽으면 읽을수록 연기에는 아무런 도움이 안 되겠다는 생각이 들었다. 일곱 시가 지났는데도 dz는 올 기미가 보이지 않았다. dz의 노트북을 켜서 크리스토퍼 놀런의 영화를 그만두겠다는 메일을 쓰다가 좀 더 생각해보려고 임시저장 상태로 두었다. 문득 결정을 유보시키기만 하는 성격이 한심하다는 생각이 들어서 자책하다가 올해 사주가 떠올랐고 곧바로 메일을 전송했다.

나는 와인을 한 잔 들이켜고 침대에 누웠다. 술기운이 돌았다. 갖가지 상념이 흘러들어 왔다. 재택근무가 연장됐다. 나는 다시 산책을 시작해야 한다. 나를 찾기 위한 여정은 이대로 끝난 것인가. 그럼 나는 어디로 갈 것인가.

현재는 불능이다.
과거는?
미래로?

천장을 흘긋 봤더니 이런 문구가 적혀 있었다. 술에 취해 헛것이 보이는 건가 싶어서 눈을 깜빡였지만 여전히 보였다. 나는 이 문구를 dz가 쓴 건지, 전에 살던 세입자가 쓴 건지, 자신이 보기 위해 쓴 건지, 다음 세입자에게 보여주기 위해 쓴 건지 생각하다가 잠에 들었다.

인기척이 들려서 잠에서 깨니 친구가 노트북 앞에 앉아 일을 하고 있었다. 나는 천장부터 봤다. 여전히 문구가 보였다. 침대에서 일어나 왔으면 깨우지 그랬냐고 했다. dz는 돌아앉으며 곤히 잠든 것 같고 남은 업무도 있어서 그냥 뒀다고 했다. 나는 일어나서 와인을 따라 건넸고, dz는 나를 보며 멋있어졌다고, 예전부터 이렇게 잘될 줄 알았다고 했다. 뭔가 착각하고 있는 듯해서 바로잡고 싶었지만 그냥 내버려뒀다. 천장의 문구는 누가 썼고 쓴 이유는 뭔지 궁금했지만 혹시 상처를 건드는 걸까봐 입이 떨어지지 않았다. dz는 와인을 마시며 퇴사하고 싶다고 넋두리를 했다. 나는 이 시국에 정년까지 꼬박꼬박 월급이 나오고 퇴직 후에도 연금이 나오는 일자리를 가진 것만으로도 운이 좋은 거라고 다독였는데 위로가 됐는지는 모르겠다. 내가 dz라면 위로받지 못했을 것 같다는 생각을 하고 있었는데, dz는 그렇지? 최악은 아니지?라고 되물으며 한숨을 내쉬곤 내 근황을 물었다. 나는 재택근무 중이라고 했다.

되돌아오는 길

소유정

『산책하기 좋은 날』의 해설을 쓰기로 했는데, 소설은 읽지 않고 대신 정지돈의 에세이를 읽기 시작했다.『산책하기 좋은 날』은 이미 일독한 적이 있고, 그렇기에 이 소설이 꽤나 지구력을 필요로 한다는 걸 알고 있었기 때문이었다. 묵동-중화동-상봉동에서 시작한 '나(오한기)'의 산책은 이문동을 거쳐 월계동-한국종합예술학교-의릉 등 전부 나열하기도 어려울 정도로 오랫동안 이어진다. 북한산을 기준으로 한다면 서울의 우측에 해당하는 지역구에는 '나'의 발자국이 찍혀 있지 않은 곳이 거의 없다고 할 수 있을 정도로 광역적인 범위였다. 긴 레이스를 따라가기에 앞서 지름길이 없을까? 하는 생각이 들었다. 마침 정지돈은 오한 기의 친구로 잘 알려져 있으며 그들은 자신의 책에서 서로를 여러 번 호명했기 때문에 기대해봄 직했다. 게다가 그의 책은 21세기 도시 산책자에 대한 것이었으므로, 『산책하기 좋은 날』의 작가 오한기에 대한 언급도 분명히 있을 것 같았다. 아니나 다를까. 정지돈은 오한기를 두고 한국의 로베르트 발저라는 등의 이야기를 하며 우정을 드러냈는데, 그 중에서도 『산책하기 좋은 날』을 읽기에 앞서, 그리고 오한기의 소설 세계를 산책하기에 앞서 내게 지름길이 되었던 말은 다음과 같다. 정확히는 오한기의 말이지만 그와 같이 걷는 정지돈이 아니었다면 발굴하지 못했을 말이기도 하다.

산책하기 좋은 계절이다. 그러나 나는 움직이는 걸 싫어한다. 산책도 잘 하지 않는다. 산책을 좋아하고 자주 생각하긴 한다. 산책하기 좋은 날이야. 산책할 때 나는 이렇게 중얼거린다. 산책하기 좋은 날이다 정말. 햇빛과 새 지저귐이 생각난다. 야구 점퍼, 오리, 소나기가 떠오른다. 사랑에 대해서도 생각한다. 그리워하고 상상한다. 산책을 할 땐 현재와 연애하지 않는다. 과거나 미래와 연애한다. 그러나 과거와 미래는 나를 사랑하지 않는다. 과거는 슬프고 미래는 잘 떠오르지 않는다. 산책은 되돌아오는 것이다. 좋은 날에 걸으면 반드시 죽고 싶다는 것. 되돌아올 걸 알기 때문에 누군가는 죽고 싶다.*

"좋은 날이야/산책하기 좋은 날이다 정말"** 로 시작하는 시를 읽으며 오한기는 산책으로 하여금 떠오르는 것들을 생각한다. 그리워하며 상상한다. 중요한 건 그 다음이다. 연상되는 것들과 결부되는 시간, 현재가 아닌 과거 또는 미래. "산책을 할 땐 현재와 연애하지 않"으며 "과거나 미래와 연애"한다는 말을 오한기는 『산책하기 좋은 날』에서

---

* 오한기, 『GQ』 2016년 9월호의 글; 정지돈, 『당신을 위한 것이나 당신의 것은 아닌』(문학동네, 2021) 156~157면에서 재인용.
** 송승언, 「사랑과 교육」, 『사랑과 교육』(민음사, 2019)

정확하게 구현한다. 영화사 기획자인 '나'는 코로나의 여파로 월급 삭감과 함께 한 달째 재택근무 중이라는 것, 이것이 현재의 상황이다. 무료함을 견디기 위해 시작한 산책이건만, 산책으로 인해 '나'는 어쩐지 순행하는 시간의 흐름에서 점점 멀어지고 있는 듯한 느낌이다. 이는 소설 속에서 반복적으로 나타나는 비현실적인 요소들 때문이기도 하다. 가령 상사인 팀장은 '나'에게 늘 "리얼리즘과 엔터테인먼트를 확보하는 한편 예술성은 최대한 배제하라"(46쪽)며 "예술가를 탈피해서 사회인이 될 준비가 덜 됐구나"(43쪽)라는 식의 잔소리를 일삼지만, 말과는 다르게 이 소설에서 가장 비현실적인 인물 중 하나다. '나'에게 매일 출근보고를 받고, 업무 지시를 내리기도 하지만 이 모든 것이 전화 통화로만 이루어지고 있기 때문이다. 재택근무가 진행 중인 까닭이기도 하나 팀장을 만나러 회사에 갔을 때에도 그의 갑작스러운 연차 사용으로 인해 이들은 소설 속에서 한 번도 마주치지 않는다. 팀장뿐만이 아니다. 친구와의 만남 역시 우연으로도 이루어지지 않으며 약속 또

한 불발되면서 '나'는 소설 말미를 제외하고는 지금 현재 자신과 관계하는 인물들을 한 번도 만나지 못한다. 그가 타인을 만나는 건 오직 산책을 할 때뿐인데, 그마저도 무덤에서 만난 유령일지 모를 한 무리의 사람들과 좀비 분장을 한 학생들, 새를 흉내 내는 중랑천의 새-남자와 같은, 이 세계의 존재들이라기엔 살짝 어긋나 있는 듯한 이들이다.

이밖에도 어제는 보지 못한 길을 오늘 발견해 "이게 무슨 꿈같은 일인가 생각"(34쪽)하고, "무언가를 보며 걷고 있었고, 무언가를 들으며 걷고 있었고, 분명 무언가를 감각하고 걷고 있었지만 그게 뭔지는 말할 수 없는"(49쪽) 상황에 이르는 등 '나'의 입으로 어딘가 현실적이지 못한 감각에 휩싸이고 있음을 밝히기도 한다. 그 가운데 중심이 되는 사건은 '나'의 산책의 분기점이라고도 할 수 있는 크리스토퍼 놀런 감독과의 만남이다. 우선 놀런을 만난 장소인 문정동 훼밀리아파트를 주목할 만한데, 우선 그동안 "우연과 무의식에 의존하기"를 "산책의 원칙"(26쪽)으로 삼아왔다면, 이곳은 목적을 정한 뒤 찾은 첫 번째 장소라는 점에서 의미를 갖는다. "돈이 들지 않고 감정 소비와 시간 낭비를 하지 않는 것. 즉, 가성비가 좋은 산책의 목적"(53쪽)에 따라 '나'는 '나' 자신을 고른다. "내가 살았던 공간들, 인연이 있었던 공간들"로 "내면 여행"(53쪽)을 떠나고자 한 것이다. 유년의 일부를 보냈으며 거리상으로 접근이 좋고 아직 과거의 흔적이 남아 있는 곳, '나'는 자신의 과거와 조우하기 위해 산책을 시작한다.

그런데 그곳에서 난데없이 마주친 놀런은 '나'에게 영화 출연을 제안하며 이렇게 말한다. "나는 미래를 위해 온 것이고, 당신은 과거를 위해 온 것이다. 나는 미래를 향해 달리고 있고, 당신은 과거를 향해 달리고 있다. 정반대 방향을 향해 달리고 있는데 우리 둘이 만났다는 게 신기하지 않나?"(67쪽) 놀런의 말에는 과거도 있고 미래도 있지만, 지금의 현재는 소거되어 있다는 사실은 특징적이다. 이에 따라 문정동 훼밀리아파트는 '나'에게 있어 한 조각의 과거이자, 놀런에게는 투자의 가치가 있는 미래로, 과거와 미래가 교차하는 장소이나 동시에 현재를 초월하는 장소가 된다.

이처럼 과거와 미래는 존재하나 현재의 없음이 여실하게 드러나는 건 놀런이 건넨 시나리오에서이다. 은행에서 벌어지는 첫 신에 등장하는 앵무새 잭은 "인간의 대체재"(76쪽)로서 미래로, '나'는 과거로 대치할 수 있다. 그러나 이들이 교차하는 장소인 공간이 결핍되어 있기에 훼밀리아파트에서 놀런의 말이 그러했듯 이 시나리오에 현재는 없다. 추상적인 공간에 대해 '나'는 에이전트에게 문의를 남기지만, 그는 "놀런이 배우의 의지와 재량에 맡기고 싶어 한다"(88쪽)며 도리어 '나'에게 선택권을 넘긴다. "탄생이라는 주제에 직관적으로 연결되는"(98쪽) 상징적인 장소로 적합한 은행을 물색한 결과 '나'는 자양동 우리은행을 첫 신의 장소로 특정한다. 그 이유는 "우둔하고 낡아빠진 상징을 찾아 헤매느니 레이어는 얇더라도 명쾌하고 현실적인 게 낫다는 결론"(100쪽)을 내렸기 때문인데, 이는 영화라는 매체를 통해 미래를 이야기하는 놀런의 목적에도, 과거를 되짚는 '나'의 산책 목적에도 반대되는 것이기에 흥미롭다. 배제되어 있던 현재는 "부모로서 쌍둥이의 첫 통장을 개설"(99

쪽)한 곳이라는 친구 bg의 경험이 녹아 있는 자양동 우리은행으로 낙점됨으로써 마침내 회귀하게 된다. 과거와 미래가 벌이는 사건의 공간으로 현재가 자리함으로써 그동안 소거되어 있던 현실 감각 역시 다시 돌아올 차례다.

cut to)

창구에 앉는 오한기, 은행원에게 말한다.

오한기 : 앵무새의 계좌를 개설해달라.

여기까지 시나리오를 충실하게 따랐다. 그러나 그 뒤부터 현실은 시나리오와 달라졌다. 은행원이 내 어깨에 앉아 있는 앵무새를 보고 놀라서 말을 잇지 못한 것이다.

앵무새의 계좌를 개설해달라.

예상했던 바라서 당황하지 않고 다시 한 번 대사를 쳤다.

계좌 개설!

잭이 외쳤다. 은행원은 거의 울 것 같았다.

계좌를 개설하러 왔다니까요!

내가 외쳤다.

계좌 개설!

잭이 외쳤다. 그때 청원경찰이 다가와서 여기서 이러시면 안 됩니다. 일어서주십시오, 따위의 말을 했다.

안녕. 반가워. 쪼다.

잭이 청원경찰에게 지저귀었다. 드디어 때가 됐다.

당신은 가짜야. 진짜는 나고.

나는 품에서 리어나도 디캐프리오의 총을 꺼내 겨누며 대사를 읊었다. 청원경찰도 허둥대며 가스총을 겨눴다. 아쉬웠다. 앉은 채로 어정쩡하게 겨눌 게 아니라 꼿꼿하게 섰어야 했는데. 게다가 대사 톤과 감정선이 성에 차지 않았다.

컷! 다시!

내가 외쳤다. 청원경찰은 겁에 질린 표정으로 무언가 헷갈리다는 듯 고개를 갸웃했다. 나는 총을 겨눈 채 자리에서 일어나 청원경찰을 마주 봤다.

당신은 가짜야, 진짜는 나고.

나는 톤을 올렸다. 분노한 듯이. 세상만사에.

(109-111쪽)

현실의 청원경찰을 향해 "당신은 가짜"고 "진짜
는 나"라고 말하는 아이러니한 장면은 이 소설에
서 단연코 인상적이다. "컷! 다시"를 외쳐도 없던
일이 되지 않는 현실에서 '나'는 크리스토퍼 놀란
영화의 주연배우가 아니라 그저 은행 강도일 뿐이
다. 그럼에도 다시 한 번 외쳐보는 대사에 어쩐지
마음 한구석이 아려오는 까닭은 소리를 지르던 연
극영화과 학생들에 대한 '나'의 뒤늦은 이해와 공
명하는 지점이었기 때문일 것이다. "나는 소리를
지르는 게 아니다. 나를 표현하는 것이다. 내면을
부수는 거다. 아무것도 모른 채."(93쪽) 그렇기에
"진짜는 나"(84쪽)라는 말은 이제 겨우 다시 현실
에 발붙인 '나'의 진정한 자기표현이었을지도 모
를 일이다.

은행에서의 촬영, 아니 강도 사건으로 인해 이후
의 촬영은 얼마간 연기된다. '나'는 영화 출연을 그

만두겠다는 메일을 보내기를 몇 번이나 유보하다가 일전에 보았던 신년 운세를 기억하고는 곧바로 전송한다. "자기 자신을 전적으로 믿고, 스스로 변할 수 있다는 사실을 인식해야" 한다는 말, 자신이 내린 결정이 "절대적으로 옳고 지당하다"(16쪽)는 말에 따라 '나'는 자신의 과거를, 현재를, 그리고 미래를, 누군가의 연출에 의해서가 아니라 스스로 만들어보고자 한다. 재미있는 점은 이러한 모습이 크리스토퍼 놀런의 영화 〈테넷〉(2020)의 주도자와 흡사하다는 것이다. 이 소설에서는 코로나로 인해 〈테넷〉 제작이 무산되었지만, 현실의 〈테넷〉은 이미 개봉된 바 있다. 이 소설의 '나'는 놀런의 배우가 되기를 포기했지만, 실은 〈테넷〉의 인물과 닮아 있다. 영화 속 주도자는 시간을 역행하여 침투하는 미래의 파국을 막기 위해 현재의 자리에서 현재를 지킨다. 영웅적이지는 않지만 개인적인 차원에서 '나'는 주도자와 다르지 않다. "현재는 불능"(126쪽)이라고 되뇌지만, 그럼에도 불능의 현재를 살아감으로써 과거를 돌아보고 미래를 모색하는 것이 '나'의 선택이다. 그렇기에 지금, 오랜만

에 만난 친구가 묻는 근황에 "재택근무 중"(128쪽)
이라는 말은 "스스로 변할 수 있다는 사실을 인
식"(16쪽)한 뒤에 할 수 있는 가장 현실적인 대답
인 것이다.

처음으로 돌아가 오한기의 말을 다시금 인용한
다. "과거는 슬프고 미래는 잘 떠오르지 않"기에
"산책은 되돌아오는 것이다". 되돌아올 곳이 있다
는 말은 곧 현재가 있다는 뜻이기도 하다. "되돌아
올 걸 알기 때문에 누군가는 죽고 싶"기도 하지만,
슬프거나 잘 떠오르지 않는 시간 가운데 되돌아올
수 있어서 또 한 번 기회를 갖는 이도 있지 않을까.
그렇게 다시 선 지금 이 자리에서 "나는 어디로 갈
것인가"(126쪽)를 물을 때 산책은 다시 시작된다.
발걸음을 떼는 그 순간, 물음에 대한 답 또한 다시
찾을 수 있을 것이다.

작가의 말

묵동에 살 때 직접 걸었던 산책 루트를 『산책하기 좋은 날』로 가져왔다. 쓸 당시에는 현재였는데 지금은 과거가 됐다는 게 슬프기보다는 유머러스하게 여겨진다. 자양동으로 거처를 옮겼지만 나는 여전히 행정단위를 가로지르는 산책을 즐긴다. 최근에는 한강변을 따라 뚝섬에서 성수까지 걷는 걸 선호한다. 어느 날 산책을 하다가 성수공업고등학교와 성수동성당 사이에서 폐가에 가까운 초가집을 발견했다. 초가집 외벽에는 붉은색으로 앵무새 신내림이라고 쓰여 있었다. 대문이 열려 있었는데 겁이 나서 들어가지 못했다. 문제는 그 뒤였다. 호

산책하기 좋은 날

지은이 오한기
펴낸이 김영정

초판 1쇄 펴낸날 2022년 2월 25일
초판 2쇄 펴낸날 2022년 11월 25일

펴낸곳 (주)현대문학
등록번호 제1-452호
주소 06532 서울시 서초구 신반포로 321(잠원동, 미래엔)
전화 02-2017-0280
팩스 02-516-5433
홈페이지 www.hdmh.co.kr

ISBN 979-11-6790-092-0 04810
     978-89-7275-889-1 (세트)

* 책값은 뒤표지에 있습니다.

기심이 동해 몇 번을 찾아갔지만, 이상하게도 다시는 그 초가집을 찾을 수 없었다. 나는 초가집 찾기에 집착하기 시작했다. 이사 갈 때까지 초가집을 찾는 게 산책의 목표다. 며칠 전에는 산책기를 기록하기 위해 블로그도 개설했다.

소설가
목표 1조 자산가
중장거리 산책자
디저트 매니아

블로그 타이틀은 인간만만세, 닉네임은 보존지구이며, 프로필은 위와 같다.

2022년 2월
오한기

현대문학 핀 시리즈 소설선 ——————